DESCOBRINDO OS CLÁSSICOS

MEMÓRIAS DE UM JOVEM PADRE

ÁLVARO CARDOSO GOMES

editora ática

Memórias de um jovem padre

Editora-chefe Claudia Morales
Editor Fabricio Waltrick
Editores assistentes Roberto Homem de Mello
Emílio Satoshi Hamaya
Preparadora Maria Luiza Xavier Souto
Coordenadora de revisão Ivany Picasso Batista
Revisora Cátia de Almeida
Seção "Outros olhares" Nílson Joaquim da Silva
Colaboração Fabiane Zorn

ARTE
Diagramadora Thatiana Kalaes
Editoração eletrônica Estúdio O.L.M.
Eduardo Rodrigues
Pesquisa iconográfica Angelita Cardoso
Ilustrações Robson Araújo
Ilustração de Eça de Queirós Samuel Casal
Edição eletrônica de imagens Cesar Wolf

CIP-BRASIL. CATALOGAÇÃO NA FONTE
SINDICATO NACIONAL DOS EDITORES DE LIVROS, RJ

G612a
2.ed.

Gomes, Álvaro Cardoso, 1944-
Memórias de um jovem padre / Álvaro Cardoso Gomes; ilustrações Robson Araújo. - 2.ed. - São Paulo : Ática, 2009.
136p. : il. - (Descobrindo os Clássicos)

Contém suplemento de leitura
Inclui apêndice
ISBN 978-85-08-12029-1

1. Literatura infantojuvenil. I. Araújo, Robson Alves de. II. Título. III. Série.

09-0119 CDD: 028.5
CDU: 087.5

ISBN 978 85 08 12029-1 (aluno)
ISBN 978 85 08 12030-7 (professor)
Código da obra CL 736569

2022
2ª edição
7ª impressão
Impressão e acabamento: Forma Certa

Av. Otaviano Alves de Lima, 4400 – CEP 02909-900 – São Paulo, SP
Atendimento ao cliente: 4003-3061 – atendimento@atica.com.br
www.atica.com.br – www.atica.com.br/educacional

UM DILEMA ATRÁS DO OUTRO

A família de José o enviou ao seminário. A princípio, o rapaz não resistiu, mas pouco a pouco ele começa a ficar atormentado por perguntas que não consegue responder a si mesmo. Será que ele quer mesmo ser padre? Será que tem vocação? É bem no auge dessas dúvidas que ele se depara com o livro *O crime do padre Amaro*, de Eça de Queirós.

José fica muito impressionado com esse clássico da literatura portuguesa, que toca no que mais o incomodava. Para ele, vestir a batina sem convicção já seria uma grande mentira. Imagine só usá-la para esconder pecados, como faz a personagem de Eça.

Além de levar o jovem a refletir sobre suas inclinações, o livro desperta nele o entusiasmo pela literatura. Tanto que pede autorização no seminário para cursar a faculdade de Letras. Lá, José ganha mais motivo para suas dúvidas: Maria Cláudia.

A encantadora colega põe à prova sua capacidade de resistir à tentação. E faz José se lembrar do padre Amaro, que, apesar do voto de castidade, deseja ardentemente a jovem Amélia no livro de Eça.

Como se tudo isso não bastasse, Daniel, seu melhor amigo no seminário, o convida para um trabalho voluntário independente da Igreja numa comunidade miserável.

E agora, José? Qual rumo tomar?

A cada momento de suas difíceis escolhas, José tem como companheiro o livro de Eça de Queirós. Isso faz de *Memórias de um jovem padre*, antes de tudo, uma história de amor, que conta o encontro feliz entre um jovem e a literatura.

Os editores

Os trechos de *O crime do padre Amaro* que constam em *Memórias de um jovem padre* foram retirados da edição publicada pela Editora Ática na série Bom Livro (16ª ed., 2010).

SUMÁRIO

• 1 •

Um dia marcante em minha vida

25 abril de 1974 é uma data que me ficou para sempre marcada na memória, porque foi o dia em que meus pais decidiram me enviar para o seminário.

A gente vivia perto de Antonópolis, um pequeno município do norte do Paraná. Meus pais eram donos de um sítio que dava precariamente para o sustento deles e de mais cinco filhos. Embora a gente vivesse com decência, para que a família não passasse necessidades e tivesse um futuro melhor, acabaram enviando os mais velhos — o João Antônio, a Maria Augusta e eu — para o seminário, onde acreditavam que pelo menos teríamos estudo, casa e comida de graça.

Meus pais tiveram essa ideia, depois de ouvir o tio Domingos, meu padrinho e irmão de mamãe. Ele retornara recentemente da Itália, porque tinha sido nomeado bispo em Londrina. Esse tio era uma figura: muito gordo, alegre, gostava de comer, beber e vestir-se bem.

Logo que retornou ao Brasil, veio nos visitar e, impressionado com nossas precárias condições de vida, aconselhou papai e mamãe a nos enviar para o seminário.

— Fiquem tranquilos — disse com autoridade e com um forte sotaque italiano — que mexo meus pauzinhos, e eles serão imediatamente aceitos.

Papai objetou que precisava da gente para ajudar na roça. Ele fez um gesto de impaciência com a mão, em que brilhava um imponente anel de ouro com uma pedra vermelha, e disse, dando uma boa risada:

— Qual roça! Qual roça! Além de o seminário dar de comer e de vestir a eles, ainda vai aliviar vocês de três bocas.

Então, ficou tudo combinado e, um dia, o João Antônio, que tinha quinze anos, a Maria Augusta, catorze, e eu, doze, cada um com uma trouxinha debaixo do braço, abraçamos mamãe, que não parava de chorar, e deixamos a casa que nos era tão querida. O mano foi para o seminário dos salesianos em Tremedal do Céu; a mana, para o das salesianas em Rondonópolis; e eu, o coração cheio de dor, para o dos claretianos em Goioerê, sob a bênção e os auspícios do tio Domingos.

O que resultou disso: para surpresa de todos, o João Antônio, um pouco antes de se ordenar, saiu do seminário, casou-se e foi trabalhar para o sogro, que possuía um pequeno armazém em Santo Ângelo, no Rio Grande do Sul. A Maria Augusta, sem dúvida, a mais bem vocacionada de todos nós, ordenou-se e, muito corajosamente, foi para a Nigéria, dedicar-se à catequese e à assistência daquela pobre gente. Nem preciso dizer que mamãe voltou a chorar, dizendo de modo dramático que "se Jesus Cristo ganhava uma esposa, ela perdia uma filha".

Eu continuei com meus estudos para me tornar padre, embora a dúvida sobre a falta de vocação para o sacerdócio jamais me abandonasse. Afinal, aos doze anos de idade, sem ao menos ser consultado, havia sido enviado para o seminário.

Não que eu ficasse revoltado com aquilo. No fundo, compreendia a decisão de meus pais. Se não tivessem tomado essa decisão, com certeza, não teriam como nos criar com decência. Pelo menos, com a nossa ida para o seminário, meus pais, trabalhando de sol a sol, puderam dar uma vida mais digna ao Luizinho e à Therezinha.

Mas havia outra coisa que me angustiava à medida que ia crescendo. Essa coisa estava diretamente ligada ao problema da vocação. Tornar-se padre, mais que as outras escolhas na vida, era uma coisa muito séria, porque implicava um grande compromisso com Deus e uma enorme responsabilidade com as pessoas a quem deveria dar orientação espiritual. Desse modo, se continuasse no seminário somente para ajudar minha família a ter uma vida melhor, e não por vocação, terminaria por me tornar um mau padre.

• 2 •

A vida no seminário

Meus primeiros dias no seminário foram de muito sofrimento. Embora os padres me respeitassem e não me maltratassem, não tinha ali o carinho de mamãe, a companhia de meus irmãos. Mas o que mais me doeu foi a sensação de perda de liberdade.

No sítio, a vida era dura: levantava de madrugada e, depois de tomar uma xícara de café com leite e comer um pedaço de pão, caminhava sete ou oito quilômetros até a escola, fizesse chuva ou fizesse sol. Lembro-me do quanto era difícil no inverno deixar a cama e andar no meio de uma espessa neblina, tiritando de frio e tentando inutilmente me aquecer soprando as mãos.

À tarde, regressando da aula, almoçava correndo e ia, junto com meus irmãos, ajudar papai na roça. Apesar de pequeno e magrinho, ganhara a minha enxada e a tarefa de carpir e cavar as covas, onde semeávamos feijão ou milho.

Mas, por ser ainda bem pequeno, trabalhava menos que meus irmãos. Lá pelas três da tarde, papai me liberava do trabalho, dizendo:

— Vá direto para casa ajudar sua mãe.

Era o meu momento de libertação, a melhor hora do dia. Caminhava vagarosamente, cortando o pasto, e entrava num bosquezinho, onde corria um ribeirão. No verão, quando fazia muito calor, costumava nadar em suas águas calmas e frias ou ficava um largo tempo observando os peixinhos que se escondiam entre a vegetação das margens.

Chegando em casa, ajudava mamãe em alguma tarefa mais leve — escolher feijão, dar milho aos patos e galinhas, colher um pé de alface ou tomates na horta —, e ela logo me dispensava passando a mão em minha cabeça:

— Vai brincar, querido.

No quintal, eu fazia boizinhos de sabugo de milho e palitos de fósforos e os prendia dentro de cercados ou os punha para andar como se fizessem parte de uma verdadeira boiada. Também fazia bonecos de barro, que deixava secar ao sol, e, quando ventava bastante, soltava pipa.

Enfim, fora a escola e minhas poucas obrigações, era um garoto livre, queimado de sol, que passava a maior parte do tempo correndo descalço e sem camisa pelo campo, respirando o ar puro e fresco.

E, de repente, sem mais nem menos, era encerrado entre as quatro paredes do austero prédio do seminário em Goioerê, onde ficava grande parte do dia estudando ou em orações. E o pior de tudo: era difícil me acostumar a andar sempre calçado e não poder mais brincar com meus bois de sabugo ou com meus bonecos de barro. A única diversão ali eram as partidas de futebol ou as excursões que fazíamos, caçando besouros e borboletas, tendo à frente o padre Ferretti, nosso professor de Biologia.

E não havia um dia em que não sentisse uma imensa saudade de casa, de mamãe, de meus irmãos, do ribeirão, de tudo enfim. A tristeza era tão grande que, nos primeiros dias, chorava tanto no dormitório a ponto de empapar o travesseiro. Mas desconfio que não era o único que chorava com saudade de casa. De vez em quando, ouvia, na cama ao lado, um suspiro ou um soluço abafado.

Éramos ao todo dez garotos, a maioria pobre como eu. Um ou outro era de família mais remediada. Um deles, o Martinelli, nos causava muita inveja pelas coisas que recebia de casa: doces em calda, goiabada, queijos, biscoitos... Como a comida no seminário fosse racionada, qualquer guloseima era sempre bem-vinda.

O problema com o Martinelli era que, muito egoísta, não repartia com ninguém o que recebia de casa. Era muito comum escutá-lo à noite, no silêncio do dormitório, mastigando uma bolacha ou vê-lo pelos cantos mordendo disfarçadamente um pedaço de queijo ou de goiabada. Por isso mesmo, ganhou o apelido de "Frei Guloso".

Além do "Frei Guloso", havia o "Frei Dunga", um garoto miudinho e sempre risonho, o "Frei Lombriga", alto e magricela, o "Frei Pança", vermelho e gordo como uma barrica. Eu fiquei conhecido como "Frei Chorão", porque um dia me surpreenderam chorando no dormitório...

De toda aquela gente, o único que se tornou meu amigo de verdade foi "Frei Campônio", como era conhecido o Daniel.

Um ou dois anos mais velho do que eu, foi quem me recebeu e amparou, quando, muito tímido, todo confuso e, pela primeira vez longe de casa, sentia uma saudade imensa de meus pais, de meus irmãos. Logo de início, chamou-me a atenção aquele rapaz alto, forte, de mãos grossas, expansivo, com um jeito de camponês, que dizia as coisas num vozeirão impressionante e sem papas na língua. Sempre alegre, com uma crença inabalável no homem, uma bondade rude, acabou por me contagiar com sua alegria, fazendo que eu deixasse a tristeza de lado e enfrentasse a vida com coragem.

E foi a presença daquele amigo, com quem tinha longas conversas, que fez que a vida no seminário e as saudades de casa se tornassem mais suportáveis. Digo "suportáveis" porque, apesar de cumprir com rigor minhas obrigações no seminário, não descobria em mim uma vocação, o que, com o passar dos anos, me deixava cada vez mais angustiado.

E essa angústia crescia quando tinha as longas discussões com o Daniel sobre o papel da Igreja no mundo, o papel dos padres na sociedade.

• 3 •

Discussões

No que dizia respeito ao papel da Igreja e dos padres, Daniel tinha opiniões bem pessoais. Em realidade, vinha alimentando um projeto de vida que acabaria por se tornar realidade, anos depois, quando nos ordenamos.

Daniel achava que a verdadeira Igreja, aquela instituída por Cristo, deveria estar a serviço dos pobres, dos desamparados. Embora concordasse em teoria com ele, ainda tinha minhas dúvidas quanto ao papel dos sacerdotes neste mundo.

— A Igreja de Roma, com sua pompa, suas riquezas, não está com nada! A Igreja deve servir aos humildes — Daniel costumava gritar cheio de empolgação, indiferente se algum dos padres estivesse por perto.

— Você não está sendo um tanto radical? — contestava-o. — A Igreja tem uma função espiritual que é a de conduzir o homem, independentemente da classe social, para o caminho do bem, da perfeição na eternidade.

— Que eternidade o quê! — dizia ele de maneira veemente. — Antes disso, a Igreja precisa se voltar pros pobres, dar-lhes assistência e esperança aqui na Terra mesmo.

— Daniel, você não acha que está sendo muito materialista?

Ele batia com a mão fechada sobre um exemplar da *Bíblia* e dizia sempre exaltado:

— Como você quer que a gente salve almas, se essas almas habitam corpos que não têm o que comer?

Foi aí que acabou me revelando um incrível plano que tinha em mente, para quando se ordenasse. Em vez de assumir uma paróquia, iria dedicar-se inteiramente à causa dos miseráveis, inspirando-se no exemplo de São Francisco de Assis.

De certo modo, também pensava como Daniel, embora não fosse tão radical, a ponto de eleger somente a classe dos humildes como alvo preferencial para fazer a catequese. Eu acreditava numa Igreja mais tolerante, que acolhia indiferentemente o rico e o pobre, desde que ambos praticassem a caridade e fossem tementes a Deus.

— Ricos?! Você está doido — ele berrava. — Não dizem os Evangelhos que "é mais fácil um camelo passar pelo buraco de uma agulha do que um rico entrar no reino dos céus"? Os ricos vão queimar no inferno, se você quer saber!

— Calma aí, Daniel, calma. Isso é uma blasfêmia. Quem lhe deu esse poder de decidir quem irá para o céu ou para o inferno? Há ricos bons e pobres maus.

— Ricos bons? Você está louco! Quero que os ricos se lixem. O meu negócio é com os pobres, os humildes.

Se não me tornava um radical como meu amigo, pouco a pouco fui me deixando contagiar por aquela sua crença primitiva. Sobretudo porque sabia que não era da boca para fora, pois Daniel era realmente desprendido. Não possuía absolutamente nada e, quando recebia alguma pequena lembrança de um parente — um doce, um queijo —, ao contrário de "Frei Guloso", dividia tudo entre os colegas ou corria para dar para o primeiro necessitado que encontrasse.

Contudo, a minha conversão a seu credo natural demorou ainda um pouco para se concretizar. Como era atormentado pelo problema da vocação, deixava que essa preocupação tomasse a dianteira em minha vida. Por isso mesmo, procurava não pensar no projeto que o Daniel me apresentava com tanto entusiasmo: a instalação de uma casa, numa comunidade pobre de uma cidade grande, para dar assistência aos miseráveis.

Toda vez que ele vinha me falar do projeto, não deixava de colocar empecilhos:

— E onde você vai encontrar meios pra ajudá-los?

— Meios? Pra que meios? Basta um local qualquer, e não precisamos de mais nada. Em realidade, não quero apenas dar esmolas, sopas, cobertores, cestas básicas, roupas velhas, coisas desse tipo. Quero dar-lhes condições de fugir da alienação, pra que se tornem cidadãos dignos...

— E como você pretende fazer isso?

— Você, não — ele disse, sorrindo. — *Nós*...

— Como pode ter tanta certeza de que também vou participar desse seu projeto?

— Eu o conheço, José, e sei do seu potencial. Você não nasceu pra ficar numa paróquia por aí rezando missas e confessando velhas beatas. Você nasceu para um destino maior, mais digno.

Ao ouvi-lo falar em nossa missão, ficava pensando, amargurado, em como o invejava. Ele, pelo menos, tinha uma meta, um ideal, enquanto eu não passava de um pobre e tolo seminarista, cheio de dúvidas.

— José! Você está viajando? — perguntava o Daniel me sacudindo.

— Estava pensando numa coisa...

— Pensando no quê? — ele dava uma boa risada. — Pensar muito faz mal à saúde.

Balançava a cabeça desanimado:

— Se quer saber a verdade, nem sei ao menos se quero me tornar padre.

— E que importância tem isso? Com ou sem vocação, o importante é você abraçar a minha causa e ajudar essa pobre gente...

Faz uns quatro anos que tivemos esse diálogo. Depois disso, muita água rolou por debaixo da ponte. Atormentado por minhas dúvidas e desviando um pouco do meu caminho, quase cheguei a desistir de me ordenar padre.

Mas, depois, aconteceu uma reviravolta em minha vida. E o curioso é que essa reviravolta em parte se deveu a um livro que li, que me marcou profundamente.

Esse livro foi *O crime do padre Amaro*, do escritor português Eça de Queirós.

• 4 •

Um livro inspirador

A primeira vez que tive contato com o livro — eu já estava com dezessete anos — foi em Antonópolis. Como mamãe havia sido internada no hospital, para um tratamento de rins, obtive uma licença especial de uma semana para ficar ao lado dela. Quando os parentes e amigas vinham visitá-la, para deixá-la mais à vontade eu saía para andar um pouco e depois dava uma esticada até a biblioteca municipal da cidade.

Não disse ainda que o seminário despertara em mim o gosto pela leitura. Como a grande maioria dos livros que encontrava por lá eram de cunho religioso, aproveitava a minha ida até Antonópolis para ler o que mais me agradava: romances, contos, poesia. Um dia, fuçando nas coleções meio desarrumadas e empoeiradas e encontrando alguns volumes da obra de Eça de Queirós, fui atraído pelo título do romance.

Na orelha, li que *O crime do padre Amaro* havia sido publicado pela primeira vez em 1876 e que, logo de cara, provocara muita polêmica no Portugal do século XIX. Isso havia acontecido porque Eça tivera não só a coragem de questionar a sagrada instituição do clero, como também de fazer uma severa crítica a uma sociedade atrasada e repressora.

Foi o bastante para provocar minha curiosidade. Talvez temeroso de que me surpreendessem com o livro nas mãos, li ali mesmo, de pé, as páginas iniciais do romance. E que emoção senti ao ter o primeiro contato com o estilo forte e envolvente de Eça de Queirós, com o senso de humor, que chegava ao sarcasmo, e a fina descrição das personagens, do ambiente:

> *Foi no domingo de Páscoa que se soube em Leiria, que o pároco da Sé, José Miguéis, tinha morrido de madrugada com uma apoplexia. O pároco era um homem sanguíneo e nutrido, que passava entre o clero diocesano pelo* comilão dos comilões. *Contavam-se histórias singulares da sua voracidade. O Carlos da Botica — que o detestava — costumava dizer, sempre que o via sair depois da sesta, com a face afogueada de sangue, muito enfartado:*
>
> *— Lá vai a jiboia esmoer. Um dia estoura!*
>
> *Com efeito estourou, depois de uma ceia de peixe — à hora em que defronte, na casa do doutor Godinho que fazia anos, se polcava*[1] *com alarido. Ninguém o lamentou, e foi pouca gente ao seu enterro. Em geral não era estimado. Era um aldeão; tinha os modos e os pulsos de um cavador, a voz rouca, cabelos nos ouvidos, palavras muito rudes.*

No dia seguinte, voltei à biblioteca e novamente mergulhei na leitura.

— Hei, você não acha meio impróprio um seminarista ler um livro desse tipo?

Levei um susto tão grande que quase deixei o livro cair no chão. Era o senhor Francisco, o bibliotecário e conhecido de minha família, que, me surpreendendo entre as estantes, todo entretido com o romance do Eça de Queirós, mostrava toda sua indignação.

---

[1] *Polcava*: do verbo polcar, ou seja, dançar polcas.

— Estava apenas dando uma olhada — procurei disfarçar, sentindo a face em brasa.

Ele tomou-me o livro das mãos, folheou-o ao acaso e disse cheio de autoridade:

— É um livro que mexe com coisas sagradas. Não é à toa que o Eça de Queirós aparecia no *Index*[2] da Igreja Católica, ao lado de outros autores condenados, como Voltaire, Flaubert, Victor Hugo[3] etc. Se quer saber, *O crime do padre Amaro* não passa de um livro ignóbil, pornográfico!

Sem conseguir esconder a vergonha por ter sido apanhado lendo *O crime do padre Amaro*, fiquei ali parado, incapaz de dar um passo. Reparando nisso, o senhor Francisco se aproveitou para me fazer o maior sermão, dizendo que, ao ler aquele livro, eu estava conspurcando minha alma e, por conseguinte, traindo meus princípios religiosos etc. etc.

— E já pensou quando você se tornar um padre de verdade com a cabeça cheia dessas ideias sacrílegas? Como irá orientar suas ovelhas? — concluiu ele.

A atitude do senhor Francisco se justificava pelo seguinte: naquela época, o Brasil ainda vivia sob a vigência da ditadura militar. Não havia liberdade de expressão, e muita gente se achava no direito de zelar por aquilo que julgava ser a moral e os bons costumes.

O bibliotecário era uma dessas pessoas. Sempre de mau humor, gostava de louvar a ação dos militares, que, segundo

---

[2] *Index Prohibitorum*: instituído pela Igreja, em 1619, que vigorou até o início do século XX, criado para orientar os fiéis com a lista dos livros sacrílegos que não poderiam ser lidos, por conterem matérias contrárias à doutrina católica.

[3] Voltaire: pseudônimo de François-Marie Arouet (1694-1778), escritor francês, autor de *Cândido*; Gustave Flaubert (1821-1880): romancista francês, autor de *Madame Bovary*; Victor Hugo (1802-1885): poeta e romancista francês, autor de *Os miseráveis*.

ele, teriam vindo salvar o Brasil dos comunistas. Por isso, via-se no direito de dar conselhos aos jovens, de orientar leituras, sempre recomendando obras que, segundo suas próprias palavras, "ensinavam só coisas boas e de elevado teor moral", o que implicava que os melhores autores fossem sempre desaconselhados por ele...

Humilhado até mais não poder, fui embora, prometendo nunca mais pôr os pés na biblioteca. Mas, no fundo, achava que não tinha feito nada de errado e que deveria ler o romance do Eça de Queirós para tomar contato com uma realidade dura e crua — a venalidade e impiedade do clero, a estupidez das beatas, a desumanidade de uma sociedade corrupta. Acreditava sinceramente que se um livro como aquele fosse capaz de mudar minhas inclinações, tornando-me um homem ímpio, era porque eu era uma pessoa fraca, sem vontade e sem opiniões próprias.

• 5 •

Um drama de consciência

Apesar dessa reflexão que, de certo modo, me aliviava, sabia que o romance de Eça de Queirós viera causar um verdadeiro incêndio dentro de mim, acentuando ainda mais meu drama de consciência. Isso porque o escritor português ia direto ao ponto que me atormentava: a vocação.

De volta ao seminário, distraindo-me dos estudos, muitas vezes me surpreendia recordando os capítulos iniciais do romance. Lembrava-me, então, de que a personagem principal, o padre Amaro, ao se tornar órfão, fora adotado pela marquesa de Alegros, patroa de seus falecidos pais. Por ser extremamente beata, a marquesa, desejando evitar que ele frequentasse o colégio, onde poderia ter a companhia das "camaradagens imorais", sem ao menos consultar suas inclinações, resolvera enviá-lo para o seminário.

Enquanto isso não acontecia, Amaro aprendia latim com o capelão da casa e francês e geografia com a filha da marquesa. Com a morte da protetora, ele foi parar na casa de um tio comerciante que o maltratava e explorava, o que fez com que ele começasse a desejar o seminário como uma libertação.

Embora eu não tivesse sido maltratado pelos meus pais, o que me impressionava era o fato de que entre a vida daquele padre, que Eça de Queirós pintava com cores tão vivas, e a minha vida havia algumas coincidências curiosas. Eu também entrara no seminário *na adolescência* e sem que *tivesse realmente uma vocação*. Embora as dúvidas dele com relação a essa questão fossem diferentes das minhas, assim mesmo me impressionavam, sobretudo por perceber que o padre Amaro concebia o sacerdócio como uma forma de conseguir riqueza e ascensão social, uma coisa que eu particularmente achava repugnante.

No capítulo 3 do romance, Eça de Queirós tratava com muita clareza essa ambição da personagem:

> *Nunca ninguém consultara as suas tendências ou a sua vocação. Impunham-lhe uma sobrepeliz; a sua natureza passiva, facilmente dominável, aceitava-a, como aceitaria uma farda. De resto não lhe desagradava* ser padre. *Desde que saíra das rezas perpétuas de Carcavelos conservara o seu medo do Inferno, mas perdera o fervor pelos santos; lembravam-lhe porém os padres que vira em casa da senhora marquesa, pessoas brancas e bem tratadas, que comiam ao lado das fidalgas, e tomavam rapé em caixas de ouro; e convinha-lhe aquela profissão em que se cantam bonitas missas, se comem doces finos, se fala baixo com as mulheres, — vivendo entre elas, cochichando, sentindo-lhes o calor penetrante, — e se recebem presentes em bandejas de prata. [...]*

Não posso deixar de registrar aqui que o interesse pela leitura do romance só cresceu dentro de mim quando me vi privado de ter acesso a ele. Ao contrário do que pensava o senhor Francisco, não acreditava que *O crime do padre Amaro* fosse um livro "ignóbil, pornográfico".

Muito pelo contrário; apesar de tratar a sexualidade com cenas fortes, cruas, o que interessava a Eça de Queirós era pôr o dedo na ferida. Em realidade, ele denunciava a sociedade hipócrita que, por meio do clero, usava os sagrados sacramentos — como o da confissão, por exemplo — para dominar e explorar as pessoas fracas e ingênuas e tirar vantagens materiais. Por isso tudo, achei que devia continuar a lê-lo, e assim mandar às favas as reprimendas do bibliotecário.

Mesmo tendo consciência disso, não deixei de sentir um pouco de remorso e vergonha quando o encomendei na papelaria em Goioerê. Parecia que o dono da loja, os vendedores, as pessoas da rua me recriminavam por eu — justo eu, um seminarista! — estar querendo ler um livro que, do ponto de vista das pessoas mais conservadoras, criticava de maneira tão agressiva os padres, fazendo uma imagem impiedosa e injusta do clero no século XIX.

Mas, como queria pensar com a própria cabeça, acabei vencendo minha timidez e comprei o livro.

• 6 •

A magia de Eça de Queirós

Com que prazer mergulhei naquelas páginas, observando como Eça descrevia a medíocre sociedade da cidade de Leiria, para onde o padre Amaro havia sido enviado, graças à influência da família de sua antiga protetora, a marquesa de Alegros. Na nova paróquia, com a intermediação do cônego Dias, seu antigo mestre no seminário, conseguiu uma casa de família para morar com todo o conforto material.

Essa casa — que se torna o cenário principal do romance —, de propriedade da senhora Augusta Caminha, mais conhecida como S. Joaneira, por ser ela originária da cidade de São João da Foz, costumava reunir padres, beatas, funcionários públicos, ou seja, uma pequena amostra da sociedade de Leiria.

Dei boas gargalhadas ao ver como Eça pintava as beatas: as irmãs Gansosos (que sobrenome!); a beata-mor, d. Maria Assunção; d. Josefa Dias, irmã do cônego Dias, mulher azeda, biliosa; o poeta de dentes podres, Artur Couceiro; e o efeminado Libaninho, todo cheio de dengos com as mulheres. Fazendo parte dessa minissociedade, ainda mais duas personagens começavam a ser delineadas: a doce e bela Amélia, filha da dona da casa, e seu admirador, o escrevente de cartório João Eduardo.

Logo que vai morar na casa da S. Joaneira e, ao deparar com Amélia, é assim que o jovem padre a vê:

> *[...] Tinha um vestido azul muito justo ao seio bonito; o pescoço branco e cheio saía dum colarinho voltado; entre os beiços vermelhos e frescos o esmalte dos dentes brilhava e pareceu ao pároco que um buçozinho lhe punha aos cantos da boca uma sombra sutil e doce.*
>
> *[...] O padre Amaro, ao pé da janela, fumando, contemplava Amélia, enlevado naquela melodia sentimental e mórbida: o seu perfil fino, de encontro à luz, tinha uma linha luminosa; destacava harmoniosamente a curva do seu peito; e ele seguia as suas pálpebras de grandes pestanas, que do teclado para a música se erguiam e se abaixavam com um movimento doce. [...]*

Ao ler a descrição que Eça de Queirós faz da moça, pude entender a perturbação que ela causou no padre Amaro. Sobretudo por ele ter vivido, durante o seminário, uma contradição interna, no que dizia respeito à mulher, que, de certo modo, eu também vivia. Por que, de um lado, ela aparecia como a mãe de Deus, cheia de beleza e serenidade, e, de outro, como a encarnação do pecado?

Essa contradição era assim expressa por Eça de Queirós para explicar, de seu ponto de vista, a injustiça do celibato dos padres:

> *Até nos compêndios encontrava a preocupação da Mulher! Que ser era esse, pois, que através de toda a teologia ora era colocada sobre o altar como a Rainha da Graça, ora amaldiçoada com apóstrofes bárbaras? Que*

poder era o seu, que a legião dos santos ora se arremessa ao seu encontro, numa paixão extática[1]*, dando-lhe por aclamação o profundo reino dos Céus, — ora vai fugindo diante dela como do Universal Inimigo*[2]*, com soluços de terror e gritos de ódio, e escondendo-se, para a não ver, nas tebaidas e nos claustros, vai ali morrendo do mal de a ter amado? Sentia, sem as definir, estas perturbações: elas renasciam, desmoralizavam-no perpetuamente: e já antes de fazer os seus votos desfalecia no desejo de os quebrar.*

Já com alguns indícios do temperamento vicioso do jovem padre e do que lhe é oferecido quando vai viver em Leiria, isto é, morar promiscuamente numa mesma casa com uma garota romântica e sensual, eu já podia adivinhar o que iria acontecer — o envolvimento amoroso entre os dois.

Fiquei tão entretido com a leitura do romance que confesso com um pouco de vergonha que cheguei a me descuidar de meus deveres religiosos, de meus estudos. Mas como reagir à magia do estilo de Eça de Queirós, que se manifestava na força dos diálogos, na descrição minuciosa das personagens e cenários, tão reais que eram como se estivessem vivas e presentes diante de mim? Em alguns momentos, parecia que eu estava ali em Leiria, vendo desfilar aqueles tipos inesquecíveis, cada um com sua peculiaridade, com seu vício exposto de maneira tão crua.

Mas eu pensei que teria de renunciar a esse prazer especial, que era a leitura de *O crime do padre Amaro*, quando, por acaso, o livro foi parar nas mãos do padre Cerqueira.

Antes de tudo, porém, acho melhor dizer quem era ele. O padre Cerqueira lecionava Língua Portuguesa no seminá-

[1] Não confundir com "estática". Extática: o mesmo que "em êxtase".

[2] Representação metafórica do demônio.

rio e logo de início me chamou a atenção pela forma apaixonada com que falava da literatura. Muitas vezes, quando estava dando um ponto de análise sintática e usava uma poesia como exemplo de texto, punha de lado as lições de gramática e discorria sobre a beleza dos versos, sobre o amor, sobre a natureza do homem:

— Observem como Camões universaliza toda a grandeza humana por intermédio da dor individual de Jacó (a gente estava estudando as orações coordenadas e subordinadas no soneto "Sete anos de pastor Jacó servia"...), que, enganado pela ganância do pai de sua querida Raquel, mesmo assim, se mantém fiel a seu amor, a ponto de dizer no final: "Mais servira se não fora para tão longo amor, tão curta a vida!" Coisa mais sublime, não? O amor ultrapassando a própria morte, se perpetuando além da vida, como um modelo de perfeição para a eternidade!

E, falando sem parar, se esquecia de que tinha que ensinar o que eram orações aditivas, adversativas, concessivas, temporais. Mas, para falar a verdade, eu não achava ruim, pois foi com o padre Cerqueira que eu, um garoto ignorante, fui formando meu gosto, sabendo distinguir um poeta medíocre de um poeta genial, sabendo apreciar uma boa descrição de uma personagem, de um cenário, sabendo apreciar a força de um diálogo.

Pois foi nas mãos do padre Cerqueira que o meu exemplar assinado de *O crime do padre Amaro* foi parar, depois que o esqueci na sala de estudos. Um parêntesis: embora admirasse muito o professor, não tinha intimidade com ele, devido a seu jeito reservado, pouco dado a expansões. Mais tarde, vim a descobrir que, no fundo, ele era uma pessoa tímida, com graves problemas de saúde, que, a não ser quando se exaltava falando de seus queridos autores, se escondia dos outros por temperamento, e não por orgulho ou desprezo.

• 7 •

Um bate-papo interessante

Pois então, um dia, para minha surpresa, já que não tinha o hábito de fazer isso com os alunos, o padre Cerqueira me chamou a seu quarto.

— Sente-se, irmão — ele me disse, indicando uma cadeira, logo que entrei.

— É seu este livro, não? — ele me perguntou, mostrando um exemplar de *O crime do padre Amaro* sobre sua mesa.

Meu coração gelou.

— Sim, senhor — respondi, lamentando intimamente tê-lo esquecido na sala de estudos.

— Quer dizer que você, nas horas de estudo, passa o tempo lendo o livro do Eça de Queirós...? — disse ele de uma maneira que me pareceu severa, o que me deixou ainda mais nervoso.

— Sim...

Esperava uma reprimenda do tipo: “Então, em vez de se consagrar ao estudo dos livros sagrados, perde tempo com um livro profano como este!”, mas veio uma pergunta que não esperava:

— Pode me dizer o que achou do romance?

Devia dizer a verdade ou inventar uma mentira? Preferi o caminho da verdade:

— Estou gostando bastante. O Eça é um grande escritor.

— Do que você gostou especificamente?

Tomei coragem e disse o que pensava do livro:

— Ah, do modo como ele trata do clero venal, da má-formação familiar das pessoas, dos padres, sem contar que gostei bastante também da maneira como ele cria as personagens, o meio ambiente, como os descreve com precisão. Acho que o Eça...

Padre Cerqueira cortou meu entusiasmo e perguntou:

— E você não achou o livro sacrílego?

Imediatamente me veio à mente uma cena muito forte, logo no início do romance, em que o padre Amaro, dominado pela força sexual, desejava a Virgem Maria como se ela fosse uma mulher comum, "uma linda moça loura". Em sua imaginação, havia chegado mesmo a erguer o manto da estátua, supondo "formas, redondezas, uma carne branca".

— Sim... — disse, hesitando, depois de uma pequena pausa.

— Pois acha isso mesmo? — E ele fixou em mim os olhos penetrantes.

— Para falar a verdade, acho que não — corrigi, envergonhado. — Tenho a impressão de que Eça criou essas cenas fortes pra pôr o dedo na ferida, pra mostrar o quanto o clero fugia aos princípios sagrados da Igreja, como traía a letra dos Evangelhos. Nesse sentido, não acredito que tenha sido sacrílego.

O padre Cerqueira abriu um largo sorriso, que prontamente me acalmou:

— Então, o irmão gosta mesmo de literatura, hein!

Ele tamborilou os dedos no tampo da mesa e, como se estivesse em sala de aula, começou a dizer com entusiasmo:

— Concordo com você, irmão. Eça de Queirós era realmente um escritor excepcional e pôs o dedo na ferida. Mesmo hoje, a gente vê muitos padres esquecidos dos altos desígnios da Igreja, esquecidos dos pobres e só preocupados em bajular os paroquianos, em ficar bem com os figurões da sociedade... Sem contar coisas ainda piores que vários padres fazem por aí que não vale a pena aqui relembrar!

Fiquei muito espantado com a veemência com que ele falava naquele momento.

— Então, o irmão gosta da literatura... — o padre Cerqueira continuou a falar. — E faz muito bem. Se quer saber uma coisa, digo-lhe que, lendo os grandes autores, torna-se muito mais fácil conhecer o ser humano, entender suas paixões, sua miséria, sua beleza. Quer uma radiografia do ciúme? Por que não ler *Otelo*, de Shakespeare, ou *Dom Casmurro*, de Machado de Assis? Quer uma radiografia da ganância? Por que não ler o *Pai Goriot*, de Balzac, ou *O cortiço*, de Aluísio de Azevedo? Quer uma radiografia da desesperança humana? Por que não ler certos poemas do Camões? Quer uma radiografia da grandeza dos sonhos humanos? Por que não ler a história genial do louco Quixote, de Cervantes? Enfim, encontramos tudo expresso por belas figuras e condensado numa história apaixonante ou em encantadores versos...

Padre Cerqueira respirou fundo, estendeu-me o livro do Eça de Queirós por cima da mesa e disse:

— Tome cuidado para não ficar esquecendo este romance por aí... Infelizmente, há gente que não pensa como eu.

Pedi licença para sair, mas ele fez sinal para que eu ficasse sentado. Refletiu um pouco e depois me disse:

— O que acha da gente se encontrar de vez em quando para conversar sobre *O crime do padre Amaro*?

Meu coração começou a bater mais forte.

— O senhor está falando sério?

— E por que não falaria? Há muitos pontos no romance do Eça de Queirós que eu gostaria de discutir, sobretudo com uma pessoa sensível como você.

Desse modo, ficou combinado que, uma vez por semana, teríamos um colóquio para tratar do romance. Nesses encontros, discutiríamos o caráter das personagens, a organização dos acontecimentos, as reflexões sobre a religião, o clero e a sociedade; enfim, tudo aquilo que mais nos chamasse a atenção.

Nem preciso dizer que a proposta do padre Cerqueira me deixou feliz da vida, porque uma coisa era ler o romance; outra coisa era entender o que vinha nas entrelinhas. Aproveitei então uma folga num fim de semana em que fui visitar meus pais para adiantar a leitura do livro.

• 8 •

Revendo a família

Essas visitas não costumavam ocorrer com muita regularidade, de maneira que, ao ter a folga, passava a semana anterior a ela não vendo a hora de deixar o seminário. Mal dormia, mal comia, só sonhando em passar a porteira do sítio, em respirar o ar puro e fresco do campo, em beijar mamãe, em conversar com o Luizinho e a Therezinha, em ajudar papai na roça.

— Como está magrinho? Os padres não estão te alimentando direito, meu filho? — mamãe disse logo que cheguei.

— Elisa, quando é que você vai parar de mimar o José? Já está um homem feito — disse papai com aquele seu jeito seco, que era uma maneira de dissimular o afeto que sentia por mim.

— Está um homem feito, mas continua sendo meu filho — rebateu mamãe, correndo para a cozinha para preparar as comidas de que eu mais gostava.

E que prazer senti, quando na manhã do outro dia a casa foi tomada pelo cheiro gostoso de café fresco, moído na hora, e de broa, assada no forno de barro. Todos esses cheiros e sensações me ficavam tão impressos na memória, que, durante vários dias no seminário, ainda parecia senti-los.

A primeira coisa que fazia no sítio era pôr uma roupa bem velha e, às escondidas, descalçar os sapatos. Digo "às escondidas", porque era inconcebível para mamãe que eu, um "quase padre", andasse descalço... E, enchendo os pulmões daquele ar agreste, saía ao sol, caminhando pelo pasto, mordiscando uma haste de capim. Quando chegava à nossa pequena floresta, ia até o ribeirão, despia-me e mergulhava na água fria, jogando água para todos os lados.

Como daquela vez tinha levado *O crime do padre Amaro*, depois de nadar, apoiei-me no tronco de uma mangueira e reli as passagens mais interessantes do livro. Quando dei por mim, o sol já estava se pondo.

À noite, jantamos alegremente. Contei muitos casos sobre o seminário. O pessoal riu bastante com minhas anedotas sobre o "Frei Guloso", sobre o padre Martinez, um espanhol, cheio de escrúpulos, que falava um português engraçado. Por fim, falei do projeto de Daniel, omitindo, é claro, as críticas que ele fazia à Igreja. Papai, com aquela sua mania rude de ver as coisas, comentou:

— Ajudar os pobres? Essa gente não precisa de ajuda, precisa é de trabalho.

— Não seja injusto, Martinho — mamãe observou, ela que acreditava que a caridade era uma das virtudes mais importantes. — Tem muita gente necessitada neste mundo.

— Necessitada coisa nenhuma. O que há por aí é muito vagabundo! — Papai encerrava a conversa, levantando-se da mesa.

Eu discordava das opiniões de papai e não gostava nada da maneira como ele via os pobres e necessitados. Aliás, suas ideias a respeito da miséria me faziam lembrar uma cena de *O crime do padre Amaro*, do capítulo 7, que lera naquela tarde, em que Eça mostrava toda a impiedade dos padres:

> *Um pobre então viera à porta rosnar lamentosamente Padre-Nossos; e enquanto Gertrudes lhe metia no al-*

forje metade duma broa, os padres falaram dos bandos de mendigos que agora percorriam as freguesias.

— Muita pobreza por aqui, muita pobreza! dizia o bom abade. Ó Dias, mais este bocadinho de asa!

— Muita pobreza, mas muita preguiça, considerou duramente o padre Natário. — Em muitas fazendas sabia ele que havia falta de jornaleiros[1]*, e viam-se marmanjos, rijos como pinheiros, a choramingar Padre-Nossos pelas portas. — Súcia de mariolas, resumiu.*

— Deixe lá, padre Natário, deixe lá! disse o abade. Olhe que há pobreza deveras. Por aqui há famílias, homem, mulher e cinco filhos, que dormem no chão como porcos e não comem senão ervas.

— Então que diabo querias tu que eles comessem? exclamou o cônego Dias lambendo os dedos depois de ter esburgado a asa do capão. Querias que comessem peru? Cada um como quem é!

Mas acabava perdoando papai, porque sabia que, no fundo, ele dizia aquelas coisas da boca para fora. Era só uma forma de ele disfarçar os sentimentos que não gostava de mostrar em público.

Era com muita tristeza que deixava para trás o meu paraíso. Voltava para o seminário com o coração cheio de saudade. Mas, agora, pelo menos, eu tinha como aliviar um pouco minha angústia. A partir do momento em que o padre Cerqueira me propôs discutir *O crime do padre Amaro*, passava a ocupar mais a cabeça com algo apaixonante e deixava de me atormentar com dúvidas a respeito de minha vocação.

[1] "Jornaleiros", aqui, tem o sentido de trabalhadores braçais do campo.

• 9 •

O primeiro colóquio

Em nosso primeiro colóquio, discutimos os capítulos 4, 5 e 6, em que Eça tratava dos encontros dos padres e beatas na casa da S. Joaneira, e o capítulo 7, onde se falava do almoço dos sacerdotes de Leiria no campo.

— Cenas como essas, você depois irá reparar, repetem-se ao longo do romance — explicou-me o padre Cerqueira. — Eça de Queirós tinha o costume de usá-las como um modo de descrever uma espécie de microcosmo da sociedade.

— E nessas reuniões ele aproveita pra criticar as instituições do clero e da família, não é isso?

O padre Cerqueira refletiu um pouco sobre o meu comentário, depois, balançou a cabeça e disse:

— Não acredito que o Eça fosse contra as instituições, como a família, por exemplo.

— Mas, no romance, ele é muito duro quando fala das relações da S. Joaneira, do modo como educa a filha...

O padre Cerqueira foi tomado por um grande acesso de tosse, que o obrigou a calar-se por alguns segundos. Ele assoou-se com um lenço e continuou a falar:

— Na realidade, ele era contra a *família portuguesa*. É o que diz numa carta muito interessante dirigida a seu amigo, o crítico Teófilo Braga, discutindo seu outro romance, *O primo Basílio*.

O padre Cerqueira levantou-se, foi até a estante atulhada de livros, apanhou um deles, abriu-o e leu o seguinte trecho para mim:

> *Você vendo-me tomar a família como assunto, pensa que eu não devia atacar esta instituição eterna, e devia voltar o meu instrumento de experimentação social contra os produtos transitórios, que se perpetuam além do momento que os justificou, e que de forças sociais passaram a ser empecilhos públicos. Perfeitamente: mas eu não ataco a família — ataco a família lisboeta — a família lisboeta produto do namoro, reunião desagradável de egoísmos que se contradizem, e mais tarde ou mais cedo centro de bambochata*[1]. *Em* O primo Basílio *que apresenta, sobretudo, um pequeno quadro doméstico, extremamente familiar a quem conhece a pequena burguesia de Lisboa. [...] Um grupo social, em Lisboa, compõe-se, com pequenas modificações, destes elementos dominantes. Eu conheço vinte grupos assim formados. Uma sociedade sobre estas falsas bases, não está na verdade: atacá-las é um dever.*

— Entendi. O que o senhor quer dizer é que Eça de Queirós, pintando essas cenas particulares, mas preservando as instituições em si, tinha a intenção de criticar toda a sociedade?

— Exatamente. Essa era uma das teses da escola realista a que ele pertencia. Como é humanamente impossível falar de *toda* a sociedade no espaço de um livro, Eça escolhia uma parte que julgava representativa para criticar o todo. Observe como o caráter de Amélia acaba por ser moldado justamente nessas reuniões da casa da S. Joaneira, nas quais se conversa

[1] *Bambochata*: o mesmo que orgia.

de coisas beatas ou se cultiva o romantismo barato das músicas tocadas ao piano.

O padre Cerqueira voltou a colocar o livro na estante.

— Não fica difícil entender por que a jovem irá se apaixonar por um padre. Em realidade, com esse caso amoroso, o Eça queria mostrar que a sociedade portuguesa como um todo formava cidadãos fracos, sem caráter, graças à influência perniciosa do clero, das beatas e do sentimentalismo romântico.

Com efeito, eu havia percebido que, nos capítulos 5 e 6, a paixão entre os dois se tornava cada vez mais evidente, a ponto de o padre Amaro começar a sentir ciúme do noivo da jovem, João Eduardo, o que servia para acentuar ainda mais sua revolta contra a condição de padre.

Foi o que lembrei ao padre Cerqueira, que me pediu que lhe indicasse os trechos onde isso aparecia de maneira mais flagrante. Como sabia quase de cor as passagens, localizei-as sem muita dificuldade:

> *Desceu para o seu quarto, desesperado. Pôs a vela sobre a cômoda; o espelho estava defronte, e a sua imagem apareceu-lhe; sentiu-se feio, ridículo com a sua cara rapada, a volta hirta como uma coleira, e por trás a coroa hedionda. Comparou-se instintivamente com o outro que tinha um bigode, o seu cabelo todo, a sua liberdade! Para que hei-de eu estar a ralar-me? pensou. O outro era um marido; podia dar-lhe o seu nome, uma casa, a maternidade; ele só poderia dar-lhe sensações criminosas, depois os terrores do pecado! Ela simpatizava talvez com ele, apesar de padre; mas, antes de tudo, acima de tudo, queria casar; nada mais natural! Via-se pobre, bonita, só: cobiçava uma situação legítima e duradoura, o respeito das vizinhas, a consideração dos lojistas, todos os proveitos da honra!*

[...]

E, espantado quase daquelas delicadezas de sensibilidade que descobria subitamente em si, pôs-se a pensar com saudade — que se fosse um homem livre seria um marido tão bom! Amorável, delicado, dengueiro, sempre de joelhos, todo de adorações! Como amaria o seu filho, muito pequerruchinho, a puxar-lhe as barbas! À ideia daquelas felicidades inacessíveis, os olhos arrasaram-se-lhe de lágrimas. Amaldiçoou, num desespero, "a pega[2] da marquesa que o fizera padre", e o bispo que o confirmara!

— Pois é isso mesmo, pois é isso mesmo... O padre Amaro, além de não ter vocação, não consegue reprimir o desejo de formar uma família respeitável, de amar, o que é bastante razoável num homem que se preze, não é verdade? — confirmou o padre Cerqueira.

Refleti um pouco sobre o que tínhamos discutido e, por fim, coloquei uma dúvida que vinha me assaltando:

— Mas o senhor não acha que o Eça de Queirós às vezes exagera um pouco? Fico com a impressão de que nessa sociedade não há ninguém que preste. Os padres, como aparece sobretudo no capítulo 7, são todos glutões, sacrílegos, impiedosos; as beatas, por sua vez...

— Bem, o que se pode esperar de beatas...? Não acha que as beatas só servem para distorcer os sagrados ensinamentos de Cristo? — ele me interrompeu com um sorriso maroto, entrecortado por outro acesso de tosse. — Por outro lado, a S. Joaneira não é tão ruim assim, e o mesmo se pode dizer do João Eduardo, da própria Amélia...

---

[2] *Pega*: espécie de pássaro parecido com o corvo. No sentido figurado, é a pessoa que abusa da confiança de outra.

— O senhor que me desculpe, as personagens a que se refere, se não são más, são absolutamente medíocres. A S. Joaneira é uma mulher passiva, que, para sobreviver, se torna amante do velho cônego Dias, a Amélia é uma sentimental maria vai com as outras, não tem vontade própria, o João Eduardo é um coitado, um joão-ninguém...

— Calma, calma, mais adiante, você deparará com o doutor Gouveia, esse, sim, um homem de grande força de caráter, inteligente, que parece iluminar todo o livro com sua bondade e sabedoria.

Balancei a cabeça desanimado:

— Um entre tanta gente medíocre... O senhor não acha que, por isso mesmo, Eça é muito rigoroso? Que ele não acredita na humanidade? Que esperança ele nos dá pintando a sociedade assim desse jeito?

O padre Cerqueira refletiu um pouco e disse:

— Talvez você tenha razão. Eça de Queirós, nessa fase de sua vida literária, não consegue dominar a tendência para o sarcasmo, para a crítica demolidora, para a visão grotesca do homem. Mas posso defendê-lo com o argumento de que literatura é sempre uma *deformação* da realidade...

— Deformação? Mas eu sempre pensei que a literatura deveria ser um compromisso com a realidade, um retrato fiel da alma humana...

— A deformação não exclui esse compromisso com a realidade, pois, fazendo desse modo, ou seja, exagerando na crítica, Eça quer aguçar nossa consciência ao máximo, a ponto de despertá-la para os graves problemas do mundo. Agora, se você quiser encontrar a esperança, é melhor orar, se dirigir a Deus e não ficar lendo romances...

O padre Cerqueira, muito animado, levantou-se, começou a andar pelo quarto e disse:

— Mal comparando, é como se Eça de Queirós fosse um cirurgião que, com incisões precisas de seu bisturi, mostrasse, sem dó nem piedade, aquilo que o senso comum, afetado por uma espécie de miopia, não vê com clareza: a falsidade, a mediocridade, a podridão oculta em cada um. O que o diferencia de um cirurgião é que, enquanto esse tipo de profissional adota um procedimento frio e desapaixonado com os pacientes, o escritor português é sarcástico, rindo das fraquezas do homem, cumprindo a sentença dos antigos — *Ridendo castigat mores*[3] —, a maneira mais eficaz de denunciar os erros da sociedade.

Embora ficasse impressionado com o discurso dele, ainda não estava de todo convencido, pois continuava a achar que o Eça de Queirós exagerara demais, sobretudo no capítulo 7, no qual os padres apareciam retratados de uma forma impiedosa. Foi o que lhe disse.

— Por exemplo? — perguntou-me ele. Abri o livro e li um trecho de diálogo:

> *— É bom que haja quem tenha cabedais para legados pios, edificações de capelas...*
>
> *— A propriedade devia estar na mão da Igreja, interrompeu Natário com autoridade.*
>
> *O cônego Dias arrotou com estrondo e acrescentou:*
>
> *— Para o esplendor do culto e propagação da fé.*

O padre Cerqueira começou a rir: — Ah, eu não me recordava dessa cena.

E, todo interessado, perguntou:

— E o que acontece em seguida?

Puxei pela memória:

— Ah, os padres vão ficando meio bêbados e começam a se insultar até que chegam ao ponto em que confessam que

---

[3] Provérbio latino: "Rindo, castigam-se os costumes".

tinham o costume de interferir nas eleições. O senhor quer que leia a passagem a respeito disso?

— Vamos lá.

Abri novamente o volume e li:

> *[...] Todos ali, a não ser o padre Amaro, sabiam, como disse Natário, "cozinhar um deputadozinho". Vieram anedotas; cada um celebrou as suas façanhas.*
>
> *O padre Natário na última eleição tinha arranjado oitenta votos!*
>
> *— Cáspite! disseram.*
>
> *— Imaginem vocês como? Com um milagre!*
>
> *— Com um milagre? repetiram espantados.*
>
> *— Sim, senhores.*
>
> *Tinha-se entendido com um missionário, e na véspera da eleição receberam-se na freguesia cartas vindas do Céu e assinadas pela Virgem Maria, pedindo, com promessas de salvação e ameaças do Inferno, votos para o candidato do governo. [...]*

O padre Cerqueira caiu na gargalhada e riu tanto que pensei que fosse engasgar:

— Essa é boa! Nem me lembrava! Cartas vindas do céu e assinadas pela Virgem Maria! Só o Eça de Queirós mesmo!

Ele se assoou, limpou os olhos cheios de lágrimas de tanto rir e disse, agora mais sério:

— Está bem, concordo com você: o retrato dos padres nesse capítulo é mesmo muito impiedoso e até certo ponto parcial. Ainda mais quando ele contrasta o arroto do cônego Dias com o "esplendor do culto e a propagação da fé". Mas, pensando bem, se deixarmos de lado o exagero e refletirmos sobre o verdadeiro alvo de Eça de Queirós, chegaremos à conclusão de que ele estava certo. Você não acha que durante muito tempo, e até hoje mesmo, certa parte do clero fez de tudo para esquecer sua sagrada missão evangelizadora? A gente não está cansado de ver por aí padres inventando milagres, usando de seus poderes para obter privilégios e manter a elite no poder?

Ia argumentar, quando o padre Cerqueira levantou a mão e disse:

— Acho que já perdemos tempo demais conversando sobre *O crime do padre Amaro*. Se não me engano, você tem seus deveres a cumprir...

E, com um sorriso irônico, me despediu:

— Afinal, antes de ser um bom comentador de um texto sacrílego que vergasta os padres, o melhor mesmo é que se torne um bom padre, não é?

A cabeça cheia com tanta discussão, deixei o padre Cerqueira e fui para meu quarto estudar, pois tinha prova de história no dia seguinte. Mas, sentado à minha escrivaninha, em vez de estudar, fiquei longo tempo, a cabeça no ar, só pensando no próximo colóquio que teria com ele para conversar mais sobre *O crime do padre Amaro*.

• 10 •

A função social da Igreja

No outro encontro com o padre Cerqueira, notei que, além da tosse costumeira, ele estava com um forte resfriado.

— Se o senhor quiser, volto outra hora, quando estiver melhor...

— Não, não, sente-se aí. Me fará muito bem batermos um papo sobre outros pontos de *O crime do padre Amaro*.

Voltamos então a conversar sobre aquele capítulo 7, que mexera tanto comigo. O que me deixava indignado, e isso não passou despercebido ao padre Cerqueira, era a questão relativa ao poder político dos padres.

— Você se escandalizou com isso? Se você...

O padre Cerqueira ia continuar a falar, quando foi tomado por um acesso de tosse que o deixou quase sem fôlego. Passada a crise, ele sentou-se, respirou fundo e disse:

— É o que dá tomar banho frio e sair ao ar fresco. Ainda mais na minha idade...

Eu dizia então: se você reparar bem nesse nosso Brasil afora, verá que a influência do clero na política é maior do que imagina. Portanto, não é de se espantar que Eça de Queirós, já no século XIX, criticasse essa nefasta influência.

Lembrei-me de algo que Daniel me dissera, defendendo a ação política do clero, com a justificativa de que a população às vezes devia ser defendida da ação de políticos inescrupulosos. Foi o que eu disse ao padre Cerqueira.

— Não sei, não sei, o que eu sei é que isso pode se tornar uma prática muito perigosa. Quem nos garante que não estaremos, mesmo movidos pela melhor das intenções, fazendo a cabeça das pessoas e impedindo-as de pensar por conta própria?

Ele voltou a tossir e foi obrigado a calar-se para se assoar com o lenço.

— Acho que hoje não estou num bom dia... A danada da gripe me pegou de vez.

Levantei-me.

— Acho melhor o senhor repousar, padre.

— Tem razão. Como o assunto me apaixona, às vezes me exalto, e isso é péssimo para a minha saúde. Vou me recolher. Pense nisso tudo que discutimos e retorne amanhã, que o assunto promete.

Despedi-me dele e fui para meu quarto com aquele assunto me martelando a cabeça. Que partido eu devia tomar? O do Daniel ou o do padre Cerqueira?

• 11 •

Entrando de cabeça no romance

Numa folga entre minhas obrigações, entrei de cabeça naquele romance que tanto me encantava. Contudo, apesar do prazer que *O crime do padre Amaro* me dava pela narrativa bem construída, cheia de lances surpreendentes, pela força do diálogo, havia algo que me incomodava muito: o fato de o protagonista ser um padre dominado por paixões extremas e ciúmes doentios.

A razão desse comportamento de Amaro se devia a um episódio acontecido no final do capítulo 7: Depois do almoço oferecido pelo abade da Cortegassa aos padres quando voltava a casa, ao chegar ao portão que dava passagem às carroças, ele encontrou-se com Amélia.

Começaram a caminhar juntos, até que ela, ao saltar uma vala, perdendo o equilíbrio, caiu sobre ele. O padre Amaro, segundo as palavras de Eça, sem poder se conter, "sentindo entre os braços o corpo dela, apertou-a brutalmente e beijou-a com furor no pescoço".

Vindo o remorso e temendo por sua reputação, Amaro, aconselhando-se com o cônego Dias, deixou a residência da S. Joaneira e mudou-se para uma casa que pertencera a um tal de major Nunes, um local decrépito que Eça descreve de maneira bem realista, chegando inclusive a causar repugnância no leitor.

Separado de Amélia, o padre Amaro, ao mesmo tempo que se entedia mortalmente no local onde passa a viver, vê crescer cada vez mais sua paixão. Esse estado de espírito o deixa tenso, nervoso e só faz aumentar a sua revolta contra o celibato, contra a injustiça de um outro desejar a mulher que ele ama perdidamente.

Cheio de rancor, nessas horas de ócio vive uma espécie de delírio: deseja que os padres voltem a ter o antigo poder de decidir sobre a vida e a morte das pessoas:

> *[...] Um mundo irreligioso reduzira toda a ação sacerdotal a uma mesquinha influência sobre almas de beatas... E era isto que lamentava, esta diminuição social da Igreja, esta mutilação do poder eclesiástico, limitado ao espiritual, sem direito sobre o corpo, a vida e a riqueza dos homens... O que lhe faltava era a autoridade dos tempos em que a Igreja era a nação e o pároco dono temporal do rebanho. Que lhe importava, no seu caso, o direito místico de abrir ou fechar as portas do Céu? O que ele queria era o velho direito de abrir ou fechar a porta das masmorras! Necessitava que os escreventes e as Amélias tremessem da sombra da sua batina... [...] Assim aquele inofensivo moço tinha durante horas, sob a excitação colérica duma paixão contrariada, ambições grandiosas de tirania católica [...]*

Ao ler trechos como esses, mais e mais sentia aumentar a aversão pelo padre Amaro. Se de início até simpatizara com ele, por ter sido enviado contra a vontade para o seminário e com o seu desejo de amar uma mulher e formar família, não podia aceitar que essa espécie estúpida de rancor lhe dominasse a alma. E o que parecia pior era o fato de um amor puro ter se transformado numa paixão doentia, que o fazia desejar Amélia como se fosse um animal.

Com essas reflexões na cabeça, fui até o quarto do padre Cerqueira, no fim da tarde, para o nosso colóquio de sempre, mas qual não foi minha surpresa quando soube que ele estava de cama com um princípio de pneumonia.

Chateado porque não via a hora de discutir aquelas questões que achava muito importantes, desejei-lhe as melhoras e saí. Mas, no dia seguinte, soube que suas condições tinham se agravado, a ponto de os padres serem obrigados a interná-lo às pressas num hospital no centro da cidade.

Fui ao hospital visitá-lo, mas não me deixaram vê-lo, pois ele havia piorado bastante. Suando muito, adormecido à custa de remédios e recebendo soro diretamente na veia, só respirava graças a aparelhos. E as notícias que os médicos deram a respeito de sua recuperação não eram nada animadoras.

• 12 •

Tristeza e frustração

Desolado — porque aprendera a amar e a respeitar aquele padre tão apaixonado pelos livros, que muito me ajudara a entender a arte dos escritores —, voltei para o seminário. Na capela, passei um bom tempo orando por ele. Pedi fervorosamente a Deus que intercedesse pela saúde do padre Cerqueira, ajudando-o a restabelecer-se e a voltar com suas magníficas aulas de gramática!

Enquanto esperava que meu mestre se recuperasse, continuava a ler *O crime do padre Amaro*. E, cada vez mais, era preso naquela teia fascinante, que me envolvia e quase me fazia acreditar que a verdadeira realidade era aquela de papel e tinta, onde pulsavam seres movidos pelo ódio, pela paixão.

E prosseguindo na leitura, chegara naquele ponto em que Amaro, usando de todas suas artimanhas, descobrira que Amélia efetivamente o amava, de maneira que voltara a assediá-la de modo ostensivo:

> *Amaro ia sentar-se ao pé de Amélia, que costurava à mesa; o olhar penetrante que se trocavam era todos os dias como o mútuo juramento mudo que o seu amor crescera desde a véspera; e às vezes mesmo, debaixo da mesa, roçavam os joelhos com furor. [...]*
>
> *[...]*

Amaro saía sempre de casa da S. Joaneira mais apaixonado por Amélia. Ia pela rua devagar, ruminando com gozo a sensação deliciosa que lhe dava aquele amor — uns certos olhares dela, o arfar desejoso do seu peito, os contatos lascivos dos joelhos e das mãos. [...]

Embora acompanhasse com interesse aquela paixão mórbida que servia de crítica a uma sociedade viciada, em que homens e mulheres eram fracos, irresponsáveis pela falta de valores morais sólidos, sentia falta de alguém para discutir comigo suas partes mais polêmicas. Ah, como me fazia falta o padre Cerqueira, com as observações inteligentes, os comentários irônicos!

Quanto a ele, soube que tinha sido enviado para um hospital mais bem aparelhado em Curitiba e vinha se recuperando lentamente.

Essa doença de meu interlocutor só fez intensificar meu sentimento de tristeza e frustração. Passava por um período muito ruim, atormentado pelas dúvidas quanto à vocação e obviamente quanto ao futuro, a ponto de dormir mal à noite, ficar mal-humorado e, o pior de tudo, quase justificar o comportamento do padre Amaro. E levado por esse estado de depressão contínua, equivocadamente comecei a ver a paixão dele como uma forma de libertação, de redenção.

Até que, num determinado momento, horrorizado, comecei a temer por minha conduta moral. De que modo justificar um procedimento como o daquele homem sem escrúpulos que se servia de sua ascendência espiritual para seduzir uma garota tola e inconsequente? Será que, atormentado por minhas próprias dúvidas, não estava distorcendo os princípios éticos que haviam norteado Eça de Queirós quando ele escrevera a obra?

Eu não podia ser tão fraco, deixando-me influenciar por uma coisa assim tão estúpida que parecia me reduzir também à condição de um animal. Por isso mesmo, controlei meus impulsos e voltei a ler o livro com um saudável olhar crítico, o que me levou a concluir que Amaro era um homem fraco, e sua paixão resultava nada mais, nada menos, de muita frustração, provocada por uma sociedade medíocre, sem ideais. Naquele ponto de minha leitura, a história entrava num momento bem dramático: João Eduardo, tomado pelo ciúme, por causa das atenções que Amélia dispensava ao pároco, escrevera anonimamente um artigo num jornal de Leiria, *O Liberal*, contando os podres dos padres que frequentavam a casa da S. Joaneira, deixando em polvorosa os sacerdotes e as beatas.

Estava tão entretido na leitura que mal ouvi que me chamavam. Era um colega que dizia que precisavam de mim na horta para colher alfaces e tomates para o almoço. Dominando a curiosidade, pois meu desejo imediato era saber qual a reação daquela gente que frequentava a S. Joaneira, guardei com pesar o livro na estante e fui cumprir minhas obrigações.

• 13 •

O projeto de Daniel

Nessa época, voltei também a conversar com Daniel sobre seu projeto em Londrina. A ideia dele era conseguir um barraco na favela do bairro da Lagoinha, em Londrina, e começar um trabalho com as crianças e jovens.

— De acordo com as informações que obtive, há muita gente ali que sai para trabalhar e deixa as crianças na rua. Como não há creches, as crianças passam o tempo vendendo bugigangas nos faróis, enquanto os mais velhos se tornam presas fáceis dos traficantes e dos aliciadores de menores para a prostituição.

— E o que acha que pode fazer? Seja realista, Daniel. Se você não oferecer uma opção de renda viável aos jovens, não conseguirá afastá-los da marginalidade, e eles continuarão a vender balas, e se tornarão presas fáceis do tráfico, da prostituição.

Daniel olhou-me de um jeito esquisito, como se estivesse chocado com a franqueza com que eu tinha feito meu discurso. De maneira que me perguntou de um modo todo hesitante:

— Opção de renda viável? Como assim...?

— Ora, Daniel, não seja ingênuo. Não será com belas palavras que fará com que um jovem prefira seguir você a seguir um traficante que lhe oferece a oportunidade de ganhar um dinheiro que nunca viu na vida.

Ele ficou quieto por alguns segundos, depois deu um suspiro e disse:

— Está bem, concordo. Sou um ingênuo incurável. Mas, ao contrário de você, que é um cético, acredito que podemos dar esperança para aquela gente. Na verdade, o problema está em que eles foram abandonados à própria sorte, sem ninguém que os oriente e lhes dê a oportunidade de encontrar um caminho, uma esperança no futuro.

Em teoria, eu concordava com o discurso de Daniel. Mas eu não era tão inocente para acreditar que um jovem, sem uma condição decente de vida e sem trabalho, preferiria engajar-se numa causa nobre, sem mais nem menos. Foi o que eu lhe disse.

— Você pode ter um pouco de razão. E, sendo assim, podemos melhorar nosso projeto. E se a gente...

— Nosso projeto? — perguntei caçoando.

— Sim, nosso projeto. Estou convencido de que você aderirá a ele. No fundo, seu ceticismo é só de fachada. — Daniel olhou-me fundo nos olhos e continuou a falar: — Mas, voltando ao que eu dizia: e se a gente fizesse um trabalho junto à indústria, ao comércio, tentando arrumar emprego para os jovens?

— Você está se esquecendo de que esses jovens tiveram pouca escolaridade e quase nenhuma ou nenhuma habilitação profissional.

— Montamos uma escola técnica, profissional. Ensinamos a eles como trabalhar.

Dei um suspiro e balancei a cabeça.

— Lá vem você novamente com suas lindas utopias. Onde vai arranjar dinheiro para montar uma escola profissional?

— Sei lá. Isso é o de menos. Quem sabe até com os industriais, com a prefeitura, com os políticos. — Daniel deu uma risada. — Olhe, se você quer saber, eu iria até o diabo para conseguir o dinheiro, se soubesse que o diabo tem dinheiro!

Ri tanto que até engasguei com essa última tirada do Daniel, que, muito vermelho, disse:

— Está duvidando? Pois eu iria.

— Se quer saber de uma coisa, não duvido nada, nada do que disse. Você é doido, maluco.

— Pois sou doido mesmo. E graças a Deus, maluco. E sabe o que mais gostaria que acontecesse? — Ele olhou-me novamente daquele jeito meio desvairado. Quando balancei a cabeça dizendo que não sabia, ele comentou: — Que você também se deixasse contagiar por minha loucura. Nunca é tarde para tomar uma decisão que irá mudar sua vida e resolver essas suas dúvidas estúpidas.

Saí do encontro com o Daniel com uma única certeza. Ele tinha razão: eu precisava mesmo de uma pitadinha de loucura para balançar um pouco a minha vida tão sem sal, tão sem propósito.

• 14 •

Visitando o padre Cerqueira

Para minha tristeza, o padre Cerqueira não melhorou o bastante para voltar ao seminário. Segundo notícias, ainda estava de repouso, recebendo um tratamento intensivo para se recuperar da pneumonia. Como não sabia quando voltaria a vê-lo, numa de minhas folgas resolvi visitá-lo em Curitiba.

Fiquei assustado com sua aparência: muito magro, pálido, com profundas olheiras, estava sentado à janela, enrolado num cobertor. Numa voz rouca, sumida, desculpou-se por não conseguir levantar-se, porque se cansava à toa.

— Estou muito feliz em revê-lo. Mas o que o fez vir até aqui para visitar este velho moribundo?

— Moribundo? O senhor está brincando, padre. Sua aparência está ótima.

Ele me apontou o dedo e disse, sorrindo:

— Olhe que mentir é uma coisa muito feia num sacerdote...

Foi a minha vez de brincar:

— Como ainda não sou sacerdote, fico perdoado desse pecado. Sem contar que não estou mentindo. O senhor está mesmo com uma aparência melhor.

Conversa vai, conversa vem, ele terminou por entrar no assunto que me interessava:

— E *O crime do padre Amaro*? Continua a lê-lo?

— Estou mais ou menos no meio do livro.

— Pena que não pudemos continuar com nossas interessantes conversas.

Ele pigarreou e disse, balançando a cabeça:

— Sabe que essas conversas me fazem uma falta danada? Da última vez que conversamos, foi sobre aquela questão da política, não foi?

— Isso mesmo.

— E de tudo que leu, depois que fiquei doente, o que mais observou de interessante?

Falei-lhe longamente do aspecto moral da paixão doentia de Amaro por Amélia, que, finalmente seduzida, se entregava de corpo e alma a ele, sem nenhum pudor e sem pensar em mais nada.

Falei também sobre o que resultara do artigo de João Eduardo contra os padres e a vingança deles contra o jovem enamorado. Por fim, comentei que chegara ao ponto em que a personagem do doutor Gouveia entrava em ação no romance de maneira mais decisiva, com seus discursos contra a moral católica.

— Bela personagem esse Gouveia, não? Que lhe pareceu?

— Acredito que a sua forma de pensar talvez reflita aquilo que o próprio Eça de Queirós pensava sobre a humanidade em geral, sobre a religião.

— O que o leva a pensar assim?

— Bem, no capítulo XIII, quando João Eduardo se vê desmascarado e Amélia o escorraça, procura o amparo do doutor Gouveia, e este lhe faz um longo discurso. Entre as coisas que diz, algumas delas me deixaram muito impressionado.

E recitei um dos trechos que havia guardado na memória:

> — *Vejo o que é. Tu e o padre, disse ele, quereis ambos a rapariga. Como ele é o mais esperto e o mais decidido, apanhou-a ele.* É lei *natural: o mais forte despoja, elimina o mais fraco; a fêmea e a presa pertencem-lhe.*

— Humm — suspirou o padre Cerqueira. — A velha teoria de Charles Darwin[1]...

— Teoria de Darwin?

— A conhecida teoria da evolução das espécies, segundo a qual só os mais fortes e mais adaptados ao meio hostil sobrevivem. Mas você tem razão: Eça de Queirós volta e meia fala pela voz do doutor Gouveia, ou seja, podemos considerar o doutor como um *alter ego*[2] do escritor. Daí que ele seja uma personagem tão interessante. E o que mais lhe chamou a atenção no velho médico?

Abri a pasta e apanhei meu exemplar de *O crime do padre Amaro*. Ao me ver fazer isso, o padre Cerqueira sorriu e disse:

— Ah, já sei por que veio me visitar... Só por causa do Eça, hein?

De tão envergonhado de ser pego assim em flagrante, devo ter ficado vermelho até as orelhas.

— Estou brincando. Isso não tem importância alguma. Afinal, o Eça de Queirós interessa mais do que um padre velho e doente — ele comentou dando uma boa risada.

Quis protestar, mas ele fez um gesto com a mão e pediu-me que prosseguisse.

— Há uma longa fala do doutor sobre a hipocrisia da moral católica... — disse meio intimidado, com receio de que o padre Cerqueira não fosse gostar muito do teor sacrílego daquele trecho.

---

[1] Charles Darwin (1809-1882): cientista inglês, autor de *A origem das espécies*, entre outras obras. Sua teoria influenciou (bastante) a cultura dos meados do século XIX.

[2] *Alter ego*: expressão latina que significa "outro eu". Em literatura, é muito comum um escritor escolher uma personagem como seu "representante" e pôr em sua boca ou em suas atitudes valores em que acredita. No caso, o doutor Gouveia, como *alter ego*, representa as ideias de Eça de Queirós.

— O que está esperando? Leia-a para mim, que a esqueci.

Não me fiz de rogado e comecei a ler:

— Escuta. E a rapariga, descartando-se de ti em obediências às instruções do senhor padre fulano ou sicrano, comporta-se como uma boa católica. É o que te digo. Toda a vida do bom católico, os seus pensamentos, as suas ideias, os seus sentimentos, as suas palavras, o emprego dos seus dias e das suas noites, as suas relações de família e de vizinhança, os pratos do seu jantar, o seu vestuário e os seus divertimentos — tudo isto é regulado pela autoridade eclesiástica (abade, bispo ou cônego), aprovado ou censurado pelo confessor, aconselhado e ordenado pelo diretor da consciência. *O bom católico, como a tua pequena, não se pertence; não tem razão, nem vontade, nem arbítrio, nem sentir próprio; o seu cura pensa, quer, determina, sente por ela. O seu único trabalho neste mundo, que é ao mesmo tempo o seu único direito e o seu único dever, é aceitar esta direção; aceitá-la sem a discutir; obedecer-lhe, dê por onde der; se ela contraria as suas ideias, deve pensar que as suas ideias são falsas; se ela fere as suas afeições, deve pensar que as suas afeições são culpadas. Dado isto, se o padre disse à pequena que não devia nem casar, nem sequer falar contigo, a criatura prova, obedecendo-lhe, que é uma boa católica, uma devota consequente, e que segue na vida, logicamente, a regra moral que escolheu. Aqui está, e desculpa o sermão.*

João Eduardo ouvia com respeito, com espanto estas frases, a que a face plácida, a bela barba grisalha do doutor davam uma autoridade maior. Parecia-lhe agora quase impossível recuperar Amélia, se ela pertencia assim tão absolutamente, alma e sentidos, ao padre que a confessava. Mas enfim, por que era ele considerado um marido prejudicial?

— Eu compreenderia, disse ele, se fosse um homem de maus costumes, senhor doutor. Mas eu porto-me bem. Eu não faço senão trabalhar. Eu não frequento tabernas, nem troças. Eu não bebo, eu não jogo. As minhas noites passo-as na Rua da Misericórdia, ou em casa a fazer serão para o cartório...

— Meu rapaz, tu podes ter socialmente todas as virtudes; mas, segundo a religião de nossos pais, todas as virtudes que não são católicas são inúteis e perniciosas. Ser trabalhador, casto, honrado, justo, verdadeiro, são grandes virtudes; mas para os padres e para a Igreja não contam. Se tu fores um modelo de bondade mas não fores à missa, não jejuares, não te confessares, não te desbarretares para o senhor cura — és simplesmente um maroto. [...]

Acabei de ler o longo fragmento e perguntei:

— O que o senhor acha disso?

O padre Cerqueira refletiu um pouco e respondeu:

— Não concordo com tudo o que o doutor Gouveia diz. São opiniões de um homem bom, tolerante, porém, um cético, que traduz o que o Eça de Queirós, outro homem absolutamente cético, pensa da vida, da religião. Mas, apesar desse ceticismo, concordo inteiramente com o doutor quando ele critica a hipocrisia das pessoas que acreditam que a religiosidade está somente nas práticas ostensivas do culto, como assistir à missa aos domingos, confessar, comungar, orar, sair em procissões.

O padre Cerqueira começou a tossir e tossiu tanto que ficou quase roxo. Depois de se recuperar daquele acesso de tosse, continuou com sua explicação:

— Não professo também a ideia de uma religião natural, como defendia o Eça. Os princípios do cristianismo constituem uma revelação, uma graça concedida por Deus em toda a sua bondade. Mas, se cremos neles com fervor, isso não implica que não devamos ser tolerantes com aquelas pessoas decentes, honestas, virtuosas a seu modo, que não são católicas, nem mesmo cristãs.

O padre Cerqueira voltou a tossir sem parar.

— Não posso me exaltar, que fico assim. Essa pneumonia veio em má hora.

Achei que era hora de partir e levantei-me.

— Quando o senhor volta para Goioerê?

Ele deu um sorriso triste.

— Nem sei se volto... Mas receberá notícias minhas dentro em breve.

• 15 •

Cursando a faculdade

Umas duas semanas depois, recebi uma carta do padre Cerqueira, que dizia o seguinte:

Meu querido irmão:

Como suspeitava, não volto tão cedo a Goioerê. Os médicos acharam conveniente que fosse para um lugar de clima mais temperado, de maneira que, contra a minha vontade, sou obrigado a deslocar esta velha carcaça para Petrópolis, onde espero, na graça de Deus, recuperar a saúde.

Refleti bastante sobre nossos colóquios e, para lhe ser sincero, sinto falta deles como de água e alimento. Acredito que, com você, aprendi muita coisa sobre Eça de Queirós e pude apreciar melhor as grandes qualidades dele como escritor. Além disso, pude também apreciar melhor as qualidades suas, meu caro José, e penso que você tem uma capacidade única para a análise literária, que não pode ser desperdiçada.

Sendo assim, julgo que deveria cursar Letras, independentemente dos estudos religiosos que tem no seminário. Por que não se matricula na Faculdade São Tomé, aí mesmo em Goioerê, onde poderá estudar os grandes clássicos da literatura?

Enquanto isso, nos escreveremos, trocando ideias não só sobre o Eça de Queirós, como também sobre Gil Vicente, Camões, José de Alencar, Machado de Assis, Cruz e Souza, enfim, sobre toda essa gente boa que nos dá o que pensar.

Que a Graça do Senhor o ilumine!

Com o abraço afetuoso desse seu irmão doente,

Padre João Augusto Cerqueira Leite

Nem preciso dizer que aceitei de pronto o conselho. Consegui autorização com meus superiores, prestei vestibular e ingressei no curso de Letras das Faculdades São Tomé.

Mas nem bem comecei a frequentar a escola, tive alguns aborrecimentos. O primeiro e o mais grave deles foi a notícia da morte do padre Cerqueira, que me deixou muito abatido, porque não só perdia um mestre como poucos, mas também um amigo, um conselheiro espiritual para todas as horas. O segundo dizia respeito à escola propriamente dita.

Como fosse muito tímido, de início, não me senti bem entre aqueles jovens barulhentos, que davam risadas por qualquer motivo ou faziam estripulias dignas de uma criança. Mas, para falar a verdade, de certo modo até os invejava, quando, ao término das aulas, saíam em bando e abraçados — rapazes e moças —, dizendo que iam a um barzinho comemorar não sei o quê. Quanto a mim, muito despeitado, só me restava voltar para a solidão e o silêncio do seminário.

Além disso, fiquei muito decepcionado com as aulas, que me pareceram áridas demais, sem o encanto das discussões e da inteligência das interpretações de meu velho e querido mestre.

Alguns professores chegavam ao cúmulo de mostrar o quanto se entediavam ao nos ensinar rudimentos de português, linguística e literatura. Havia, em particular, um tal de professor Godofredo que dizia com o maior cinismo quando eu lhe punha uma dúvida qualquer a respeito de uma questão de linguística:

— Para que você precisa se aprofundar nesse assunto? Afinal, vocês vão trabalhar com burros...

Mas, no semestre seguinte, a situação mudou bastante com a vinda de uma nova professora, a dona Mercedes, e de uma nova aluna, a Maria Cláudia. A dona Mercedes, mal as aulas tiveram início, mostrou um entusiasmo e uma exigência que deixou todo mundo assustado. Como lecionasse Literatura Portuguesa, depois de saber o que tínhamos lido (para falar a verdade, não tínhamos lido quase nada no semestre anterior), escreveu na lousa um extenso programa de leituras, que abrangia livros de poesia e de prosa e a bibliografia sobre o assunto. Inclusive, fiquei muito contente ao saber que um dos livros seria exatamente *O crime do padre Amaro*...

— Vocês vão formar grupos. Cada um será o responsável pelo estudo de uma obra, a ser apresentada sob a forma de seminário.

O Vantuir, um colega que gostava de protestar contra todos e contra tudo, levantou o braço e disse:

— Dona Mercedes, a senhora não acha que está sendo muito exigente? Dez livros num semestre...

— Será que estou sendo mesmo exigente? — ela rebateu com ironia. — Afinal, nessa lista constam autores e obras que vocês já deveriam ter lido. Nada além do normal.

— Mas ainda não tivemos literatura portuguesa. Como a senhora queria que a gente tivesse lido essa livraria toda? — foi a vez de o André Luís perguntar.

— E no colegial[1]? Não leram nada? Se não leram, terão de ler os textos básicos agora, sem o que não dá para prosseguir os estudos.

[1] O colegial, na época, equivalia ao Ensino Médio de hoje.

E, sem esperar que mais alguém protestasse, ela começou a aula, falando com entusiasmo, lendo textos, explicando e ocupando os noventa minutos de aula, ao contrário de alguns professores relapsos que muitas vezes gostavam de soltar os alunos mais cedo, bem antes do final do horário.

Mal a aula terminou, o Vantuir pediu que a turma permanecesse na classe. Em seguida, ele disse:

— O que vocês acharam disso tudo?

— Achei uma droga — protestou o André Luís. — Essa dona vem aí e pensa que a gente não tem outra coisa senão ficar lendo essa joça de literatura portuguesa.

— Então, tenho uma proposta a fazer — continuou o Vantuir. — A gente redige um abaixo-assinado e manda pra diretoria.

Levantei o braço. Como eu não costumasse falar em aula, todo mundo olhou espantado para mim.

— De minha parte, eu acho que a gente deve dar um crédito à professora...

Os colegas começaram a protestar:

— Como dar um crédito?

— Que crédito o quê! Essa mulher está doida!

— Gente — comecei a explicar —, ela nem deu a primeira aula direito e...

— Não deu, é? Falou mais que a boca e chegou a invadir o intervalo — a Sílvia me interrompeu.

Fiz um sinal de calma para ela e prossegui:

— Por isso mesmo que acho que a gente deva dar um crédito a ela. Se a dona Mercedes deu a aula inteira é porque quer realmente dar aulas, ao contrário de alguns professores por aí. Um pouco de exigência não fará mal a ninguém. É só a gente estudar que...

O Vantuir voltou-se muito agressivo e começou a fazer um discurso exaltado:

— Se você está pensando que aqui é como no seminário em que todo mundo abaixa a cabeça pro que o bispo diz, está muito enganado! Você...

— Vocês me dão licença?

Foi aí que conheci a Maria Cláudia, a nova colega. Era uma garota muito bonita, de cabelos pretos, os lábios vermelhos, cheios. Ela se levantou, e a classe permaneceu em silêncio para ouvi-la. E o que ela disse, de um jeito bem despachado, fez todo mundo rir e serviu para desanuviar o ambiente:

— Puxa, que bando de vagabundos vocês são, hein? Nunca vi! Só porque a professora mandou ler uns livros, já ficam querendo fazer abaixo-assinado?

O Vantuir ainda tentou protestar, mas ela não o deixou falar:

— Quer deixar de ser chato? Está pensando que é líder sindical pra ficar fazendo protesto? Primeiro, vamos ver como a dona Mercedes vai dar as aulas, pra depois reclamar.

Ela voltou-se para mim e disse:

— Concordo com o colega aí. Se ela está dando muita matéria, é porque não é preguiçosa como o professor Godofredo, que finge que dá aula e fica enrolando a gente. Estou aqui é pra aprender!

Ela acabou de falar, e ninguém mais protestou. Todo mundo, muito manso, correu para o intervalo, porque as últimas aulas da noite iriam começar.

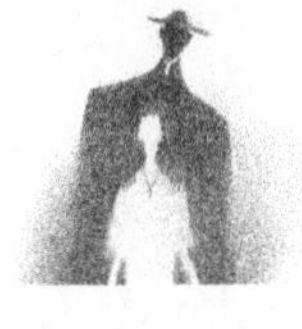

• 16 •

Maria Cláudia

Maria Cláudia, Maria Cláudia — como essa garota mexeu comigo, desde o instante em que a vi fazendo seu enérgico discurso. Senti uma atração tão forte por ela que não pude deixar de lembrar do romance de Eça de Queirós. Lá também, quando o padre Amaro foi morar na casa da S. Joaneira, sentiu uma enorme e irresistível atração por Amélia.

Fiquei tão impressionado com a Maria Cláudia que, naquela noite, não consegui me concentrar nas orações. Procurei aplacar minha consciência dizendo para mim mesmo que a atração que sentia por ela, ao contrário da desvairada paixão de Amaro, não tinha nada de pecaminoso, de sensual. O que me atraíra nela, com certeza, tinham sido seus modos despachados, a maneira entusiasmada de falar, sua coragem de enfrentar a turma, defendendo o mesmo ponto de vista que eu.

Por isso mesmo, não via a hora de voltar à escola para poder revê-la. Mas, no dia seguinte, ela chegou atrasada e foi se sentar bem no fundo da classe. No intervalo, só pude vê-la a distância, muito animada, conversando e rindo com os colegas. Só tive oportunidade de voltar a falar com a Maria Cláudia na outra aula da dona Mercedes, quando a professora quis combinar conosco os seminários.

— Seminários, dona Mercedes? — protestou o Vantuir, para não perder o costume. — Não dá certo. Ninguém prepara nada, as pessoas ficam falando bobagem.

— Vantuir, não generalize. Se você gosta de falar bobagem, o problema é seu — disse a Maria Cláudia.

— Escuta aqui, garota, você nem bem chegou aqui e já pensa...

— Eu não penso nada. Só estou dizendo que você não pode generalizar.

A dona Mercedes seguia a discussão com um sorriso nos lábios, mas uma hora achou melhor intervir:

— Atenção, atenção, chega de conversa! Não temos tempo a perder. Comecem a formar as equipes para que a gente possa escolher os livros a serem trabalhados.

De início, timidamente, os colegas começaram a se agrupar, mas, depois, era uma confusão só na classe.

— Hei, você não quer fazer parte do nosso grupo? — para minha surpresa, a Maria Cláudia, que já estava formando um grupo com o Vantuir, o André Luís e a Sílvia, me dirigiu a palavra.

— Eu?! — pus a mão no peito, espantado.

— Sim, você mesmo. Venha até aqui. — Sem pestanejar, obedeci-a. — Qual o seu nome? — ela perguntou, quando me aproximei.

Antes que respondesse, o Vantuir disse de um modo ofensivo:

— Põe padreca aí.

— Padreca? Por que padreca?

— Ué, o cara está no seminário.

A Maria Cláudia me olhou como se eu fosse um extraterrestre.

— Você? No seminário? Puxa vida, bem que vi que você tinha cara de padre.

Percebendo meu embaraço, ela me puxou pelo braço, me fez sentar a seu lado e disse:

— Isso não tem importância, Padrinho. O importante é que você dê sua contribuição pro grupo Alfa — disse ela, fazendo o desenho da letra grega α na página em que vinha registrando nossos nomes.

— Alfa, por que Alfa? — protestou o Vantuir. — Preferia um nome mais quente, como grupo Marx, Lênin.

— Que Marx, que Lênin o quê! Alfa é mais bonito, mais intelectual.

— Hei — voltou a protestar o Vantuir —, isso não é democrático. Você não pode impor esse nome aí sem mais nem essa.

A Maria Cláudia deu um belo sorriso e disse:

— Pois, então, vamos fazer a votação: você, André Luís? Grupo Marx? Um voto para a proposta do companheiro Vantuir. Você, Sílvia? Alfa? Um a um. Você, Vantuir? Marx? Dois a um. Você, Padrinho? — Eu ainda não sabia que tinha ganho definitivamente o apelido de "Padrinho", por isso, fiquei calado. — Vamos, Padrinho, não temos tempo a perder.

— Ah, desculpe. Fico com Alfa.

— E eu também voto em Alfa. Três votos contra dois, ganhou o Alfa. Está bem assim, Vantuir?

E caprichosamente, ante o olhar de despeito do Vantuir, ela escreveu no alto da folha com sua bela letra cheia de curvas: *Grupo* α.

Depois, na escolha do livro a ser analisado pelo grupo, tomei coragem e propus que a gente ficasse com *O crime do padre Amaro*. Fui apoiado pelo Vantuir com o argumento, que me pareceu estúpido, de que o romance do Eça de Queirós, pelo menos, não era reacionário como *Os lusíadas,* de Camões. A Sílvia, por sua vez, me apoiou só porque ficou sabendo que eu já tinha lido todo o livro, o que, do seu ponto de vista, facilitaria o trabalho dela.

— Ei — a Maria Cláudia protestou —, não é porque ele já leu o romance que ninguém vai ler nada.

— Mas quantas páginas tem o livro? — perguntou a Sílvia.

— Depende — eu disse. — A minha edição tem mais de trezentas páginas.

— Trezentas páginas! Você está louco? E a letra é grande ou pequena?

— Ooooohhhhh — todo mundo protestou, vaiando a estúpida observação da Sílvia...

· 17 ·

Discussões acaloradas

E assim, pela primeira vez depois da morte do padre Cerqueira, voltei a ter meus colóquios sobre *O crime do padre Amaro*. Nossa primeira reunião aconteceu num sábado, numa das salas da faculdade. Como o romance fosse muito polêmico, as discussões começaram muito acaloradas, sobretudo porque o Vantuir, em nome de suas ideias políticas, se aproveitou para desancar os padres, a Igreja. Sempre olhando para mim com aquele seu jeito irônico, fez um longo discurso:

— A Igreja, desde o começo dos tempos, se caracterizou por ser uma entidade reacionária, antirrevolucionária, e o Eça de Queirós trata disso muito bem quando mostra os padres fazendo a cabeça das pessoas. O Amaro simboliza o atraso, e o João Eduardo, com sua coragem em desancar o clero, simboliza os novos tempos, a consciência revolucionária.

— Um momento — eu o interrompi. — Que você diga que o padre Amaro representa o atraso, até concordo, mas que diga que o João Eduardo tenha uma consciência revolucionária não posso concordar. Acho que...

— Ué, pensei que você fosse a favor dos padres e, por isso, se identificasse com o padreco Amaro...

Deixei passar a ironia.

— Posso ser a favor dos padres, mas não dos padres de que o Eça trata no romance.

— E que diferença há entre os padres do romance e os padres da vida real? — disse ele num tom ofensivo. — Não vejo diferença nenhuma. Vocês, padres, são todos uns hipócritas que ficam roubando o dinheiro do povo pra manutenção dos poderes do papa. Vocês, padres...

— Você está confundindo a parte com o todo — disse do modo mais calmo possível. — Há maus padres e bons padres, como também há maus e bons revolucionários.

O Vantuir levantou-se ofendido:

— Pois me diga o nome de um padre que tenha feito pelo menos metade do que fizeram o Marx e o Lênin!

Pensei de imediato em Santo Agostinho, Santo Tomás de Aquino, São Francisco de Assis, mas, achando que não adiantava discutir com um tolo que tinha ideias fixas, só comentei:

— Acho que a gente deveria voltar a discutir o romance...

— Você não tem é argumentos! — gritou ele, exaltado.

— Ei, Vantuir — interveio a Maria Cláudia. — Vai querer brigar por causa desses caras aí...

— Caras? Dobre a língua quando falar de Marx ou de Lênin!

E, soltando um palavrão, ele virou as costas e saiu da sala bufando. A Maria Cláudia deu um suspiro, balançou a cabeça e disse:

— Que nervos...

Mas, logo em seguida, recuperou o entusiasmo e propôs:

— Que tal se a gente dividisse as tarefas?

— Como assim? — perguntou a Sílvia.

— Bem, cada um estuda um aspecto do livro. Eu, por exemplo, que adoro ver como um autor conta a história, fico com o foco narrativo.

— Eu posso ficar com o tempo? — perguntou o André Luís.

Levantei timidamente a mão:

— Posso ficar com as personagens?

— E você, Sílvia? — perguntou a Maria Cláudia, anotando os nomes e tópicos de cada um numa folha de papel.

— Sei lá... — não tem coisa mais interessante que essas chatices aí?

— Você fica com a análise do espaço — determinou a Maria Cláudia.

— Do espaço? Meu Deus! O que que vou falar sobre isso?

— Sílvia, deixa de encher! A gente te ajuda com a análise, né, Padrinho? — disse a Maria Cláudia, cheia de impaciência.

Levantamos, e ela completou com entusiasmo:

— E viva o Alfa! Para comemorar, vamos tomar uma caipirinha de vodca no Bargalo!

À saída, quando me despedi do grupo, ela perguntou:

— Ué, você não vai com a gente, Padrinho?

— Não posso, preciso voltar pro seminário.

— Qualé, Padrinho? Uma pinguinha não vai fazer mal pra sua fé.

Olhei bem para ela, pensando que a coisa que mais gostaria de fazer seria ir com eles, para "jogar conversa fora", como costumavam dizer.

— Pode ser que não faça mal, mas tenho que voltar pro seminário.

— Então, até a semana! — disse ela alegremente, ao mesmo tempo que me dava um beijo no rosto e arrastava o André Luís e a Sílvia para o Bargalo, abraçando-os pela cintura.

Vendo-os partir tão cheios de alegria e entusiasmo, pela primeira vez na vida lamentei sinceramente ter de voltar para o seminário e maldisse o dia em que o tio Domingos recomendou a meus pais que me mandassem estudar para ser padre.

• 18 •

Nova visita à família

Logo depois que começou a preparação para o nosso seminário, tirei uma folga num feriado. Pensava em aproveitar aqueles dias para rever a família e reler *O crime do padre Amaro*. Enquanto arrumava minhas coisas, o Daniel, de quem andava um pouco afastado, veio até mim para avisar que ia passar por volta de um mês na Bahia.

— O que você vai fazer por lá? Tirar umas férias? — brinquei.

— Férias? Coisa bem melhor que férias.

Ele contou que havia obtido uma licença especial para visitar comunidades carentes na Bahia e acompanhar de perto as experiências de ação pastoral de um padre francês, muito conhecido no exterior pelo trabalho realizado na África.

— Com o que eu aprender com as experiências do padre Francastel — disse ele cheio de entusiasmo —, poderemos ter elementos para aplicar em nosso projeto.

Nosso projeto, *nosso* projeto! Lá vinha o Daniel de novo com aquela ideia, sem ao menos querer saber se eu estava mesmo a fim de participar dele...

— E quando você viaja?

— Na semana que vem.

Tive uma súbita inspiração: e se o convidasse a ir até em casa conhecer minha família? Nem preciso dizer que ele acolheu o convite com o maior entusiasmo.

— Você fala tanto em sua família que eu gostaria mesmo de conhecê-la.

E lá fomos nós para o sítio. À medida que íamos deixando as cidades e nos embrenhando na região rural, Daniel ficava cada vez mais entusiasmado, louvando as virtudes do campo:

— Aqui as pessoas são mais simples, sem a ganância, sem a corrupção que andam soltas pela cidade. — E, exclamava, apontando os campos ondulados e sempre verdes: — Olha aquela plantação de trigo ali, que beleza!

Alguns quilômetros antes de entrar em Antonópolis, o ônibus nos deixou na porteira da entrada do sítio.

— Agora, são uns poucos quilômetros e já estamos em casa... Se você não se incomoda em andar...

— Mas é claro que não me incomodo — respondeu ele jovialmente, cheio de entusiasmo. — Vamos lá, companheiro!

Colocamos nossas mochilas às costas, abrimos a porteira e pusemos pé na estrada. O Daniel parava a todo instante para observar as plantações: ora espremia entre os dedos torrões de terra, ora cheirava os frutos do café. E nem parecia ser de origem campesina, pois dava a impressão de nunca ter estado num sítio antes. Falando pelos cotovelos, confessou que fazia muito tempo que não voltava à sua terra.

— Infelizmente, meu pai não me quer por lá. Quando fiz minha opção, ficou furioso, porque o que ele queria mesmo era que eu o ajudasse cuidando do sítio...

Daniel me disse aquilo com certa amargura, como se lamentasse não ter mais família.

Em casa, foi uma alegria só. Os manos nos cercaram contando as novidades: mais uma ninhada da cadela Jolly, a gata Fifi também tinha dado cria a lindos filhotes rajados e amarelos, que andavam fazendo estripulias pelo sítio etc. etc. Mamãe foi logo preparar um saboroso café, servido com sua famosa broa de milho.

— Que coisa mais deliciosa esta broa! — disse o Daniel entusiasmado e servindo-se de mais uma grossa fatia.

Papai chegou no fim da tarde. Como sempre, vinha suado e sujo de terra. Não demorou muito e o Daniel estava ao lado dele, perguntando sobre as plantações, sobre o gado. E bebia-lhe as palavras, como se ouvisse as lições de um velho e experimentado mestre. E mostrou tanto entusiasmo com aquilo que papai o convidou a sair com ele no outro dia para ver uma extensão de terra que estava preparando para o plantio.

De manhã, mal tomamos o café com a broa de mamãe, cada qual tomou seu rumo: Daniel e papai, com as enxadas ao ombro, em cujos cabos se dependuravam as marmitas, foram para os lados da plantação, eu, com meu volume de *O crime do padre Amaro*, um bloco de notas e um embrulho com um pedaço de broa e outro de queijo fresco, me dirigi para o bosquezinho, onde pretendia ler com tranquilidade.

E assim passei quase o dia inteiro absorvido relendo o romance de Eça de Queirós. Agora que tinha uma tarefa explícita a realizar, ou seja, o estudo das personagens do romance, tudo me pareceu mais simples. Comecei por organizar metodicamente no bloco, em colunas, por grau de importância, os atores daquele drama que cada vez mais me impressionava.

Depois, comecei a fazer um levantamento das características de cada personagem e ver como é que elas se organizavam, a que grupos sociais pertenciam, como se relacionavam com o meio social.

No almoço, comi um bom pedaço de broa com queijo fresco. E entretido com minha tarefa, tendo preenchido várias páginas do bloco de notas, fui surpreendido pelo fim da tarde. Levantei-me, espreguicei-me, sentindo uma grande paz de espírito. Faminto, já pressentindo que mamãe talvez tivesse

Personagens principais	Personagens secundárias (A)	Personagens secundárias (B)	Personagens secundárias (C)
Padre Amaro	S. Joaneira	D. Josefa Dias — irmã do Cônego Dias	Marquesa de Alegros
Amélia	Cônego Dias	D. Maria Assunção — a beata	Conde e condessa de Ribamar
	João Eduardo	D. Joaquina e d. Ana — beatas	Mendes — o coadjutor
	Dr. Gouveia	Padre Natário — o padre rancoroso	Dr. Godinho — o político
		Abade Ferrão — o bom padre	Carlos da Botica
		Libaninho — o efeminado	
		Artur Couceiro — o poeta	
		Dionísia — a parteira	

preparado alguma surpresa, voltei rapidamente para casa. Não demorou muito, chegava o Daniel suado, todo sujo de terra, falando pelos cotovelos.

Jantamos na maior alegria: mamãe havia preparado um frango à cabidela, um arroz soltinho, acompanhado de feijão de tropeiro e couve picada, refogada na manteiga.

— Está mesmo divino o jantar — tornou o Daniel a dizer a "sacrílega" observação.

E parecia que pertencíamos todos à mesma família, tanta era a camaradagem que havia entre meu amigo, meus pais e meus irmãos.

• 19 •

Os encontros de sábado

De volta ao seminário e à faculdade, uma nova rotina muito agradável se instalou em minha vida. Aguardava com ansiedade as aulas da semana e, mais ainda, nossos encontros aos sábados para preparar o seminário sobre *O crime do padre Amaro.*

Acostumado ao silêncio do seminário, às discussões nada polêmicas sobre assuntos sagrados, foi custoso me habituar às discussões acaloradas, que como sempre tinham como pivô o Vantuir, que nunca deixava de levar qualquer questão, mesmo a amorosa, para o lado revolucionário e político.

— O amor não passa de um sentimento burguês — ele dizia com desprezo, quando a gente estudava a paixão doentia de Amaro por Amélia.

— Isso porque você nunca amou de verdade — contestava a Sílvia. — No dia em que você tiver um amor verdadeiro, vai mudar completamente de opinião.

— Sai dessa! Tenho outras prioridades a tratar com as companheiras.

A Maria Cláudia dava uma risadinha irônica e comentava com malícia:

— Não vai me dizer que, entre essas prioridades, de vez em quando não pinta um romance com uma companheira?

Ele se enfurecia, xingava a nós todos de burgueses. Eu achava essas discussões uma pura perda de tempo, porque nos desviavam do que era fundamental: analisar o livro e pensar em nosso seminário, que não demoraria a acontecer. Mas não interferia nas discussões, primeiro porque detestava polemizar. Ainda mais com um cabeça-dura como o Vantuir, que não conseguia pensar em nada, a não ser na tal da "ação política". Segundo porque achava divertida a maneira como meus colegas se engalfinhavam por questões tão tolas. Enquanto eles brigavam entre si, eu ficava refletindo sobre aspectos importantes do romance que me interessavam e fariam parte da minha exposição.

— E você, José, o que acha disso tudo? — perguntou o André Luís, interrompendo meu devaneio.

— O que eu acho é que o padre Amaro confunde amor com desejo sexual.

O Vantuir comentou com desprezo:

— Quem é você para saber o que é amor ou desejo sexual?

— Pelo menos, no *romance*, eu sei mais do que você — disse, sem conseguir esconder minha irritação com o insulto, sobretudo porque sabia que ele, não tendo lido todo o livro, vinha dizendo besteira sobre besteira a respeito das personagens.

— É, mas para poder analisar o que vem num livro, você precisa antes conhecer a realidade...

Ele sorriu de um modo zombeteiro e completou:

— A menos que você venha dando suas escapadinhas por aí...

Fingi que não tinha ouvido o insulto e rebati na hora:

— Quer dizer que, se alguém quiser analisar a ideia de morte num romance, precisa forçosamente ter morrido?

— Não entendi, cara. O que você está querendo dizer com isso? — ele perguntou, elevando o tom da voz, como sempre fazia quando se sentia contrariado.

— De acordo com seu raciocínio, se alguém quiser ler e compreender *Memórias póstumas de Brás Cubas*, do Machado de Assis, em que um morto conta suas memórias, precisa morrer antes?

Ele ficou completamente atarantado com minha colocação.

— Espera aí! Você está dizendo uma coisa...

A Maria Cláudia começou a bater palmas:

— Grande, Padrinho! Você pegou ele numa ratoeira. Quero ver você sair dessa, Vantuir!

Mais uma vez furioso, ele se levantou e disse com raiva:

— Bom, preciso ir embora. Tenho uma reunião política agora, na qual vamos discutir os problemas fundamentais do Brasil. Por isso mesmo, não posso ficar perdendo tempo com esse discurso tortuoso de jesuíta!

"Se o recado é para mim, não vale nada porque não sou jesuíta, sou claretiano", pensei, mas não disse, porque o Vantuir já tinha levado sua lição. E, com a saída intempestiva dele, a reunião ficou mais interessante, não só porque a gente não mais se agrediu, mas também porque começamos a explorar a fundo o romance.

Como a Sílvia estivesse perdida porque não sabia como tratar a questão do espaço, sugeri a ela que talvez valesse a pena examiná-la da perspectiva do determinismo.

— Determinismo? O que que é isso? — ela fez uma cara tão espantada, como se eu tivesse dito um palavrão.

— É a teoria de um sociólogo do século XIX, chamado Taine, que acreditava que o homem era produto do meio social e físico. O meio social é a sociedade, e o meio físico é o espaço ocupado pelas pessoas. Se a gente observar bem o romance, acabará reparando que o padre Amaro se torna um homem obcecado pelo sexo porque é educado no meio de mulheres, na casa de uma velha beata. No seminário, por sua vez, um ambiente de muita hipocrisia, ele se torna um recalcado e, depois, na casa promíscua da S. Joaneira, com o mau exemplo dos outros padres, aceita tranquilamente a ideia de trair os votos do celibato e dar vazão à sexualidade reprimida. O pobre coitado sempre age sob o influxo do meio, que, moralmente, é nefasto e induz o homem a liberar os piores instintos.

— Com Amélia, acontece algo parecido, não é? — perguntou a Maria Cláudia, toda interessada.

— Exatamente. Reparem que, no capítulo 5, Eça mostra como Amélia, por viver num meio beato, cheio de padres, além de ser obrigada a conviver com Amaro no mesmo espaço físico, tem uma religiosidade exagerada que a faz ter fixação por sacerdotes, o que explica a sua atração pelo pároco:

> *[...] começou a pensar em ser freira: deu-se a uma forte devoção, manifestação exagerada das tendências que desde pequenina as convivências de padres tinham lentamente criado na sua natureza sensível; lia todo o dia livros de rezas; encheu as paredes do quarto de litografias coloridas de santos; passava longas horas na igreja, acumulando Salve-Rainhas à Senhora da Encarnação. [...]*
>
> *[...] A sua devoção subsistia, mas alterada: o que amava agora na religião e na igreja era o aparato, a festa — as belas missas cantadas ao órgão, as capas recamadas de ouro, reluzindo entre os tocheiros, o altar-mor na glória das flores cheirosas, o roçar das correntes dos incensadores de prata, os uníssonos que rompem briosamente no coro das aleluias. Tomava a Sé como a sua Ópera: Deus era o seu luxo. [...]*

— Eu não tinha prestado atenção nisso — comentou o André Luís. — Que bacana, né, gente? Desde o começo então ela já tem essa fixação pelo padre Amaro?

— Correto. Educada naquele meio de beatas, ela confunde o verdadeiro sentido da religião com a pompa, o luxo dos paramentos, o poder dos padres, ou seja, com tudo o que é exterior e superficial. É por isso que cairá na rede de sedução do modo mais fácil. Basta o padre Amaro mostrar todo o seu poder espiritual, comportando-se como uma espécie de substituto de Deus aqui na Terra, para justificar a entrega dela a ele por meio de um raciocínio perverso e do uso inadequado da liturgia católica.

Abri o livro e li uma passagem em que Amélia aparecia tendo por Amaro uma veneração digna de um santo, de um deus:

> *[...] Mas era sobretudo admirável nas bênçãos; passava devagar as mãos sobre o altar como para apanhar, recolher a graça que ali caía do Cristo presente, e atirava-a depois com um gesto largo de caridade por toda a nave, por sobre o estendal*[1] *de lenços brancos de cabeça, até ao fundo onde os homens do campo muito apertados, de varapau na mão, pasmavam para a cintilação do sacrário! Era então que Amélia o amava mais, pensando que aquelas mãos abençoadoras lhas apertava ela com paixão por baixo da mesa do quino: aquela voz, com que ele lhe chamava* filhinha, *recitava agora as orações inefáveis, e parecia-lhe melhor que o gemer das rabecas, revolvia-a mais que os graves do órgão! Imaginava com orgulho que todas as senhoras decerto o admiravam também; mas só tinha ciúmes, um ciúme de devota que sente os encantos do Céu, quando ele ficava diante do altar, na posição estática que manda o ritual, tão imóvel como se a sua alma se tivesse remontado longe, para as alturas, para o Eterno e para o Insensível. [...]*

[1] *Estendal*: quantidade de coisas estendidas, espalhadas.

— Bravos, Padrinho! — a Maria Cláudia começou a bater palmas, cheia de entusiasmo, quando terminei a leitura do trecho. — Nunca pensei que alguém pudesse ver coisas tão bonitas num simples livro.

Enquanto isso, a Sílvia, como se fosse uma fiel aluna, bebia minhas palavras e as anotava febrilmente em seu caderno.

• 20 •

Páginas perturbadoras

E nossas reuniões continuaram, tornando-se cada vez mais interessantes, na medida em que a gente entrava em profundidade no romance, analisando-o nos mínimos detalhes. Eu já quase o conhecia de cor, tanto que bastava alguém tocar num tópico qualquer que de imediato me lembrava de uma passagem, localizando-a sem dificuldade. Esse entendimento entre nós tornava-nos íntimos e cúmplices. A exceção era o Vantuir, que, sentindo-se marginalizado, estava cada vez mais arredio, inventando desculpas para não se reunir com a gente.

Como fizesse frio, costumávamos nos sentar muito próximos e era comum nossos joelhos se tocarem. Embora não visse malícia na expansividade da Maria Cláudia, que, por qualquer motivo, nos abraçava, nos beijava, punha a mão em nossa perna, não podia reprimir um arrepio quando o seu joelho tocava o meu. E, por uma associação que me deixava chateado, acabava sempre por me lembrar dos encontros de Amaro com Amélia, quando ambos se punham a dar vazão aos instintos sexuais, tocando-se os joelhos, fitando-se nos olhos, manifestando os primeiros traços de uma paixão recalcada.

Depois das reuniões, de volta ao seminário, a lembrança da Maria Cláudia me assaltava. Ficava sonhando de olhos abertos, recordando-me dos cabelos dela, do penetrante perfume que emanava de seu corpo.

Para rebater essa sensação que me incomodava, abria *O crime do padre Amaro* e lia as passagens mais perturbadoras, como se desejasse exorcizar, por meio da ficção, o que realmente me perturbava na vida real: o modo como Amaro seduz a jovem em sua casa, com a conivência da criada e alcoviteira Dionísia, a quem o pároco suborna, para que ela mantenha total segredo sobre o caso; a combinação que o pároco e Amélia fazem para se encontrar na casa do sineiro tio Esguelhas, sob a desculpa de lhe catequizar a filha paralítica; os encontros em que se entregam a uma paixão desenfreada; a heresia que cometem, quando o padre obriga a jovem a vestir o manto de Nossa Senhora.

Essa última passagem, em particular, me impressionara a tal ponto que a lera muitas vezes, para ver até onde ia a irresponsabilidade daquele homem que tinha (ou deveria ter) uma ascendência moral e espiritual sobre o comum das pessoas:

> *Foi assim que uma manhã lhe fez ver uma capa de Nossa Senhora, que havia dias chegara de presente duma devota rica de Ourém. Amélia admirou-a muito. Era de cetim azul, representando um firmamento, com estrelas bordadas, e um centro, de lavor rico, onde flamejava um coração de ouro cercado de rosas de ouro. Amaro desdobrara-a, fazendo cintilar junto da janela os bordados espessos.*
>
> *— Rica obra, hem? centos de mil-réis... Experimentamo-la ontem na imagem... Vai-lhe como um brinco. Um bocadito comprida, talvez... — E olhando Amélia, numa comparação da sua alta estatura com a figura atarracada da imagem da Senhora: — A ti é que te havia de ficar bem. Deixa ver...*
>
> *Ela recuou:*

— Não, credo, que pecado!

— Tolice! disse ele adiantando-se com a capa aberta, mostrando o forro de cetim branco, duma alvura de nuvem matutina. Não está benzida... É como se viesse da modista.

— Não, não, dizia ela frouxamente, com os olhos já luzidios de desejo.

Ele então zangou-se. Queria talvez saber melhor do que ele o que era pecado, não? Vinha agora a menina ensinar-lhe o respeito que se deve aos vestuários dos santos?

— Ora não seja tola. Deixe ver.

Pôs-lha aos ombros, apertou-lhe sobre o peito o fecho de prata lavrada. E afastou-se para a contemplar toda envolvida no manto, assustada e imóvel, com um sorriso cálido de gozo devoto.

— Oh filhinha, que linda que ficas!

[...] A santidade que o manto adquirira no contato com os ombros da imagem penetrava-a duma voluptuosidade beata. Um fluido mais doce que o ar da terra envolvia-a, fazia-lhe passar no corpo a carícia do éter do Paraíso. Parecia-lhe ser uma santa no andor, ou mais alto, no Céu...

Amaro babava-se para ela:

— Oh filhinha, és mais linda que Nossa Senhora!

Depois, vinham as cenas da gravidez de Amélia e da aflição de Amaro, mais preocupado em se safar da situação constrangedora do que em assumir a paternidade do filho e de ajudar a jovem seduzida. Aconselhando-se com o cônego Dias, que se tornara seu cúmplice, usam de um complicado estratagema. A S. Joaneira é enviada para a praia, e Amélia para uma quinta, retirada da cidade, em companhia de d. Josefa Dias, que estava doente. Desse modo, longe dos olhos dos amigos da casa e da sociedade de Leiria, ela poderia dar à luz sem provocar escândalos.

O que tornava a situação dramática era o impudor com que os padres faziam seus arranjos, tanto para esconder a gravidez e o parto de Amélia quanto para inventar que um homem casado a seduzira:

> *Antes, porém, explicou embaixo no escritório ao padre-mestre o seu plano: primeiro, ia dizer a D. Josefa que o cônego estava na inteira ignorância do desastre da Ameliazinha, e que ele, Amaro, o sabia, não em segredo de confissão (nesse caso não o poderia revelar), mas pelas confidências secretas dos dois — de Amélia e do homem casado que a seduzira!... Do homem casado, sim!... Porque enfim era necessário provar à velha que havia a impossibilidade duma reparação legítima...*
>
> *O cônego coçava a cabeça descontente:*
>
> *— Isso não vai bem arranjado, disse ele. A mana sabe bem que não iam homens casados à Rua da Misericórdia.*
>
> *— E o Artur Couceiro? exclamou Amaro, sem escrúpulo.*
>
> *O cônego largou a rir, com gosto. O pobre Artur, sem dentes, cheio de filhos, com os seus olhos de carneiro triste, acusado de perder virgens!... Não, essa era boa!*
>
> *— Não pega, pároco amigo, não pega! Outra, outra...*
>
> *Mas então subitamente partiu dos lábios de ambos o mesmo nome — o Fernandes, o Fernandes da loja de panos! Belo homem, que Amélia admirava muito! Sempre que saía ia-lhe à loja: tinha mesmo havido indignação na Rua da Misericórdia, havia dois anos, com a ousadia do Fernandes que acompanhara Amélia pela estrada de Marrazes até ao Morenal!*

Já se sabe, não se dizia explicitamente à mana, — mas dava-se-lhe a entender que fora o Fernandes.

Terminei de reler aquelas páginas, nas quais se acentuava o caráter infame do padre Amaro — sua covardia, seus impulsos vis, que iam se confirmar ainda mais quando ele, sem nenhum senso de caridade ou humanidade, abandonava Amélia à própria sorte e dava um destino cruel ao filho. A jovem morria abandonada e só, vítima de um aneurisma pós-parto, em meio a sofrimentos atrozes, e a criança, entregue a uma "tecedeira de anjos"[1], era assassinada.

Sem nenhuma condescendência, Eça ia a fundo na análise da alma humana. Naquele instante, o romance perdia qualquer caráter jocoso ou satírico. Tornando-se essencialmente dramático, encaminhava-se para um epílogo em que se notava a crítica a uma instituição que parecia perder totalmente sua razão de ser. Seus representantes, por vaidade, pela satisfação dos desejos mais torpes, esqueciam-se da sagrada missão de salvar e dar dignidade ao homem.

Deitei, refletindo sobre tudo que lera, sobre minhas anotações, pois, no dia seguinte, aconteceria nosso seminário, e eu não queria decepcionar ninguém. Mas acabei dormindo tranquilo, porque tinha certeza de que não faríamos feio e de que dona Mercedes, com certeza, se orgulharia muito do trabalho do grupo Alfa.

[1] Segundo o dicionário Houaiss, "mulher que provoca abortos ou que acolhe crianças para deixá-las morrer".

• 21 •

O seminário

Como eu esperava, nosso seminário foi o mais agitado de todos. E isso aconteceu por algumas razões: a primeira delas dizia respeito ao fato de o tema em si ser muito polêmico, envolvendo questões de sexualidade, de religião e sociedade; a segunda era porque a gente tinha procurado preparar a apresentação de maneira a provocar a classe; e a terceira, porque o Vantuir (sempre o Vantuir!) achou de levar o seminário para o lado político.

Em determinado momento, exaltou-se e acabou brigando com a professora, com os colegas e mesmo com o próprio grupo. Mas tudo isso foi bom porque os seminários que tinham acontecido antes do nosso haviam sido muito mornos, sem novidades, merecendo da professora severas críticas.

Quem falou primeiro foi a Maria Cláudia, que, muito extrovertida e despachada, fez sua vibrante exposição de maneira clara e precisa:

— Como a gente já sabe, o foco narrativo diz respeito ao modo como o autor narra a história. Para isso, ele se utiliza de um narrador. No caso de *O crime do padre Amaro*, Eça de Queirós usou o foco narrativo da terceira pessoa, onisciente. Nesse tipo de foco, o narrador sabe de tudo o que acontece, penetra na mente de todas as personagens. Se a gente abrir o livro em qualquer passagem, como no capítulo 14, à página 217 da minha edição, por exemplo, poderá ver facilmente esse seu modo de narrar.

A Maria Cláudia leu em voz alta dois fragmentos que havia escolhido cuidadosamente, mas que ela fingiu ter apanhado ao acaso:

> *Toda essa tarde se falou com excitação pela cidade da "tentativa de assassinato de que estivera para ser vítima o senhor pároco". Algumas pessoas censuravam o administrador por não ter procedido: os cavalheiros da oposição sobretudo, que viram na debilidade daquele funcionário uma prova incontestável de que o governo ia, com os seus desperdícios e as suas corrupções, levando o país a um abismo!*
>
> *[...]*
>
> *Quando Amaro entrou à noite em casa da S. Joaneira — foi como a aparição dum santo escapo às feras do Circo ou à plebe de Diocleciano![1] Amélia, sem disfarçar a sua exaltação, apertou-lhe ambas as mãos, muito tempo, toda trêmula, com os olhos úmidos. [...]*

— Se vocês repararem bem, vão ver como o narrador, no primeiro trecho, fala da cidade no geral de um modo distanciado e, depois, se aproxima das pessoas, individualizando-as, para analisar a reação delas à tentativa de agressão do padre Amaro pelo João Eduardo. Desse ponto de vista, Eça quis ser objetivo, impessoal, como era moda na escola realista.

A Maria Cláudia parou para respirar um pouco e, depois de olhar bem para mim, começou a expor outra ideia que eu tinha lhe sugerido:

— Outras vezes, Eça resolve meter sua colher de pau nas discussões, ou seja, quer comentar os fatos e mostrar suas opi-

[1] Imperador romano (245-313), notável pela crueldade.

niões sobre o clero, sobre a religião, sobre a sociedade portuguesa. Para isso, criou o doutor Gouveia, seu *alter ego*, um médico que tem opiniões revolucionárias e fala com franqueza sobre aquilo que acredita. No final do romance, ele tem uma discussão com um padre ingênuo, o abade Ferrão, em que procura mostrar que o catolicismo desvirtuou os princípios da religião natural...

— Maria Cláudia! — uma colega levantava a mão.

— O que é, Mary?

— O Eça de Queirós era ateu? Não acreditava em nada?

Ela parou para refletir um pouco e depois disse com convicção:

— Acho que ele acreditava numa moral natural, mas não acreditava numa religião.

— Besteira! — disse o Vantuir do seu canto. — O Eça não era um carola. Não acreditava em Deus coisa nenhuma! Ele era um escritor revolucionário, que tinha lido Marx, Proudhon![2] Vê lá se ele ia perder tempo falando de Deus! O Eça...

— Tanto ele perde tempo falando de Deus que, em sua última fase, escreve contos sobre santos e o próprio Jesus Cristo — interrompi-o, talvez só para provocá-lo.

O Vantuir, que desconhecia aqueles textos do Eça de Queirós (assim como desconhecia grande parte de *O crime do padre Amaro*), gaguejou um pouco, mas não quis dar o braço a torcer, sobretudo porque tinha sido eu a falar:

— No fim da vida, o homem ficou gagá! Mas, neste romance, ele ainda era combativo! Acaba com os padrecos, com a Igreja, com Deus!

---

[2] Karl Marx (1818-1883): sociólogo alemão, autor de *O capital*; Pierre-Joseph Proudhon (1809-1865): autor de *Filosofia do progresso*, anarquista francês, um dos inspiradores da ideia do "socialismo utópico", que defendia o princípio de uma sociedade sem castas e sem governo.

A discussão pegou fogo, e dona Mercedes precisou intervir. Vendo que o Vantuir não desistia da ideia de desancar os padres, a Igreja e Deus, ela disse com ironia:

— Vantuir, que tal se nós deixássemos as discussões políticas para outra ocasião e continuássemos a tratar de nosso romance? Afinal, estamos numa aula de literatura portuguesa, e não numa tribuna pública ou na porta de uma fábrica...

Foi o bastante para ele ficar de cara amarrada durante o resto do seminário, o que para nós foi muito bom, porque pudemos expor nossas ideias sem aquelas inoportunas interferências que faziam a gente perder o fio da meada a todo momento.

• 22 •

Ainda o seminário...

Chegou então a vez de o André Luís falar sobre o seu tópico. Começou por explicar que *O crime do padre Amaro* apresentava duas grandes dimensões de tempo: uma que durava vários anos e dizia respeito à infância e à adolescência de Amaro e outra sobre a história de amor entre o padre e Amélia.

— Essa última dimensão constitui o que a gente pode chamar de presente da narrativa. A primeira dimensão, que compreende todo o capítulo 3 do romance, constitui um *flashback*, ou seja, uma interrupção na história para um retorno ao passado. É nela que vamos encontrar os antecedentes de Amaro, a explicação de sua revolta. O narrador volta no tempo e mostra como foi a educação dele, como ele se tornou um recalcado, um obcecado pelo sexo.

O Décio, que gosta muito de mostrar seus conhecimentos de teoria literária, levantou a mão.

— Tem uma coisa nessa questão do tempo que me deixou curioso. Como explicar que o narrador gaste apenas vinte e poucas páginas para falar de quase dez anos da vida da personagem e centenas para tratar de mais ou menos um ano, o tempo de duração do romance entre Amélia e Amaro?

Como o André Luís ficasse embaraçado com a pergunta, a Maria Cláudia se adiantou e disse:

— Acontece que o Eça, na primeira dimensão de tempo, não se preocupa muito com minúcias sobre a vida do padre Amaro quando criança. Como não é nessa época que acontecerão os fatos mais importantes e dramáticos da obra, ele só levanta alguns detalhes essenciais que vão servir para explicar o comportamento do jovem no futuro. Já na segunda dimensão temporal, ele é extremamente minucioso, estica o tempo ao máximo, para que o leitor possa analisar em profundidade o comportamento das personagens.

— Isso não faz parte da técnica realista? — tornou a perguntar o Décio. — Esse acúmulo de detalhes, essa preocupação com a minúcia não teriam a intenção de fazer a gente acompanhar a história de perto, como se fosse um observador?

— Exatamente, você tem toda a razão, Décio. E o Eça de Queirós faz a mesma coisa com o espaço, como vocês vão poder observar com a exposição da Sílvia agora.

Como a Maria Cláudia estava linda, falando assim com tanta segurança e veemência! Lembro-me de que na ocasião ela vestia uma calça *jeans* muito justa e uma blusa, cujas pontas, amarradas na cintura, deixavam à mostra parte de sua barriga.

Só de vê-la ali na frente, discutindo com os colegas, escrevendo na lousa, me sentia o mais feliz dos homens, esquecendo que era um pobre seminarista cheio de dúvidas e achando que a felicidade talvez se resumisse a alguns momentos mágicos em que a gente pudesse contemplar a beleza encarnada na figura de uma mulher.

Mas, ao me dar conta de que prestava mais atenção na Maria Cláudia do que no seminário, desviei o olhar e procurei me concentrar no que a Sílvia ia dizer.

Para nossa aflição, ela começou muito mal, gaguejando, perdendo-se em explicações inúteis. Procurando ajudá-la, interferi, propondo-lhe que lesse uma passagem, que lhe havia sugerido, na qual se via bem a técnica de Eça de Queirós para a descrição do espaço, de maneira a fazer uma crítica à sociedade da época.

Embaraçada, derrubando o material no chão, ela acabou por localizar a passagem sugerida e começou a ler com uma voz insegura:

> *Era então nos fins de Agosto. Na longa alameda macadamizada que vai junto do rio, entre os dois renques de velhos choupos, entreviam-se vestidos claros de senhoras passeando. Do lado do Arco, na correnteza de casebres pobres, velhas fiavam à porta; crianças sujas brincavam pelo chão, mostrando seus enormes ventres nus; e galinhas em redor iam picando vorazmente as imundícies esquecidas. Em redor do chafariz cheio de ruído, onde os cântaros arrastam sobre a pedra, criadas ralham, soldados, com sua fardeta suja, enormes botas cambadas, namoravam, meneando a chibata de junco [...]*

Como a Sílvia, ao terminar a leitura, hesitasse em falar, mais uma vez a Maria Cláudia tomou a palavra e explicou que aquele tipo de descrição do cenário era muito comum no romance e era um modo de o Eça de Queirós dar o máximo realismo à narrativa:

— Vocês repararam que ele não só descreve a rua, o chafariz, o arco, mas também os cântaros no chafariz, as galinhas picando na sujeira? Mas o mais importante de tudo é que, ao criar o contraste entre as senhoras com vestidos claros que passeiam e as crianças de grandes ventres, aproveita para fazer sua crítica social, denunciando a miséria existente na cidade.

A Sílvia, já um pouco mais segura, voltou a falar, descrevendo os vários lugares onde se passava a ação: a cidade de Lisboa, a cidade de Leiria. Em Leiria, ela mostrou a importância da casa da S. Joaneira, espaço onde se reunia uma amostra da sociedade. Ela apontou também a questão do determinismo espacial, uma vez que Amaro e Amélia passam a viver promiscuamente sob o mesmo teto:

— O Eça aplicou no romance as ideias do Taine. O Taine, que era um sociólogo, acreditava que o homem era um produto da raça, do meio e do momento histórico. É por isso que o Eça é tão minucioso ao descrever o espaço. O padre Amaro torna-se aquilo que é graças ao meio em que vive: em primeiro lugar, a casa da marquesa de Alegros; em segundo lugar, o seminário; e, por fim, a pequena cidade de Leiria.

— Você está querendo dizer com isso que, se ele vivesse num outro meio, seria uma pessoa diferente? — perguntou a Mary.

— Muito provavelmente — interferiu novamente a Maria Cláudia. — De acordo com as teorias deterministas, o meio, que pode ser representado pelo espaço físico e pela sociedade, determinava mesmo o comportamento das pessoas. Assim, por exemplo, a Amélia só tem aquela atração doentia pelo Amaro porque foi habituada desde pequena a conviver com os padres, com as beatas. Aliás, a casa em que ela mora e onde vai morar o padre Amaro tem uma estreita ligação com a Igreja.

A Maria Cláudia voltou-se para a Sílvia e pediu:

— Leia aquele trecho onde o cônego Dias descreve as vantagens da casa que ele arrumou para o padre Amaro.

A Sílvia, confusa como sempre, derrubando papéis no chão, derrubando o livro, acabou encontrando a passagem que leu para a classe:

> — *Você está ali como em sua casa! Tem o seu cozido, prato de meio, café...*
>
> — *Vamos a saber, padre-mestre: preço? disse o pároco.*
>
> — *Seis tostões. Que diabo! é de graça! Tem um quarto, tem uma saleta...*

— Uma rica saleta, comentou o coadjutor respeitosamente.

— E é longe da Sé? perguntou Amaro.

— Dois passos. Pode-se ir dizer missa de chinelos. Na casa há uma rapariga, continuou com a sua voz pausada o cônego Dias. É a filha da S. Joaneira. Rapariga de vinte e dois anos. Bonita. Sua pontinha de gênio, mas bom fundo... Aqui tem você a sua rua.

Era estreita, de casas baixas e pobres, esmagada pelas altas paredes da velha Misericórdia, com um lampião lúgubre ao fundo.

— Vocês repararam que o cônego Dias faz questão de mostrar que a casa da S. Joaneira é grudada na igreja? — tornou a falar Maria Cláudia. — É para mostrar essa promiscuidade entre os padres e as mulheres. Outra coisa que vale a pena reparar é o aspecto escuro, triste da rua.

A Sílvia leu mais umas duas ou três passagens em que o Eça pintava com cores vivas ou sombrias os ambientes, tentando mostrar que eles mantinham uma estreita relação com o comportamento das personagens.

E com um suspiro de alívio, mas ainda com as mãos tremendo de tão nervosa que estava, ela deu por encerrada sua parte e foi se sentar.

• 23 •

Minha participação

Chegou então a minha vez de falar. Embora na véspera do seminário tivesse varado a noite estudando, minhas pernas tremiam e mal se ouvia minha voz, quando comecei a descrever as personagens, baseando-me no gráfico com as personagens que fizera no sítio e que passava agora na lousa. Mas pouco a pouco fui ganhando confiança e, logo depois, falava com todo o entusiasmo, como se tivesse dado seminários a vida inteira.

— Vocês podem ver que, no início do romance, quando o padre Amaro vai pedir ao conde de Ribamar que lhe arranje uma nova paróquia, Eça de Queirós propositadamente o coloca em contato com um ministro, como uma forma de fazer uma crítica mais abrangente sobre a situação social e política de Portugal.

No quadro-negro, indiquei a coluna das personagens e continuei a explicar:

— Agora, no dia a dia, o que parece mais importante para o narrador é mostrar as pessoas comuns, medíocres, sem muitos horizontes, que vivem uma miséria moral por culpa quase exclusiva dos dirigentes: os políticos, os padres, os nobres.

Depois de descrever as personagens, levei a explanação para o plano das relações entre Amaro e Amélia. Então, expus uma descoberta de que muito me orgulhava, o resultado de reflexões e reflexões e de noites de insônia: a questão dos nomes das duas personagens principais.

— Eça não escolheu gratuitamente os nomes. Nesse ponto, ele foi muito criterioso. Vocês podem ver que "Amaro" e "Amélia" têm sons semelhantes e só diferem no uso do "erre" para o homem e no uso do "ele" para a mulher. Mas não só isso: a palavra "amaro" significa "amargo", enquanto o nome "Amélia", etimologicamente, vem do grego "melos", que diz respeito a "mel", a "doçura"...

— Um instante, José — o Túlio me interrompia. — Isso que você tá falando será que o Eça pensou na hora de escrever?

— É claro que ele deve ter pensado.

— E como é que você sabe?

— Há uma coerência interna entre os nomes escolhidos pelo escritor e o caráter que ele dá às personagens. Enquanto o padre Amaro é uma pessoa amarga, ressentida, vingativa, Amélia é só amor, delicadeza; enquanto Amaro só pensa em fazer mal ao próximo, em perseguir, destruir os desafetos, Amélia...

— Faz lembrar a Amélia do samba: "Amélia que era mulher de verdade..." — interrompeu-me a Maria Cláudia, cantarolando e provocando gargalhada na classe.

Ah, Maria Cláudia! Só ela mesma. Não podia perder a piada...

O seminário foi o maior sucesso. A dona Mercedes, depois de corrigir uma coisa ou outra, fez rasgados elogios à nossa exposição. Terminada a aula, a Maria Cláudia correu ao meu encontro, me abraçou, me beijou repetidas vezes e disse:

— Você viu, Padrinho?! Você viu?! A gente arrebentou! Agora, vamos todos para a gandaia!

Ela me agarrou pelo braço, como se temesse que eu fugisse.

— Não vem com essa de voltar mais cedo para o seminário! Eu exijo: vamos para a gandaia! Hoje, é só alegria!

• 24 •

Gandaia

Arrastado pela Maria Cláudia, lá fui eu para a "gandaia", em companhia da Sílvia, do André Luís e de mais um bando para celebrar o êxito de nosso seminário. Eu, que nunca tinha entrado num boteco na vida, para meu vexame, me vi entrando no Bargalo. Para descargo da consciência, prometi a mim mesmo que iria festejar com os colegas o nosso sucesso, só para não ser um desmancha-prazeres. Mas não passaria disso, ou seja, jurei a todos os santos que não poria uma gota de álcool na boca.

Mas meu juramento veio logo abaixo, quando chegou a primeira rodada de chope.

— Pra mim um guaraná — disse timidamente.

— Guaraná?! — protestaram todos, como se eu tivesse dito uma heresia.

— Que guaraná coisa nenhuma! — bradou a Maria Cláudia. — Não seja um chato.

E, voltando-se para o garçom, ela ordenou:

— Um chope sem colarinho aqui pro nosso amigo.

— Mas eu não posso... — reclamei.

— Como não pode? Os padres não bebem vinho na missa? — ela perguntou.

— Sim, bebem, mas é numa situação diferente.

— Que situação diferente? Ouvi dizer que os padres todos os dias bebem vinho na refeição. Você não viu em *O crime do padre Amaro*?

— Você está enganada. Nem todos fazem isso. Os padres costumam beber no ato da consagração.

— Ato da consagração? O que é isso? Se você não sabe, não sou católica...

Expliquei a ela o que era a consagração e o significado simbólico do vinho e da hóstia na missa, que representavam o sangue e o corpo de Cristo.

— Ah, então é isso? Tudo bem, você toma seu chopinho como se estivesse rezando uma missa.

Deixei passar a insinuação sacrílega e insisti que não convinha que bebesse. A Maria Cláudia fez biquinho, sentou-se do meu lado e disse:

— Você prefere então fazer uma desfeita dessas pra gente? Quem é que vai saber? A gente jura que não conta pro bispo.

Comecei a rir do jeito engraçado que ela falava.

— Não é pelo bispo que não quero beber, é por mim mesmo.

— Não quero nem saber. Você vai tomar um chopinho. Unzinho. Por seus amigos. Vai...

Impossível resistir à Maria Cláudia! E, depois, o que tinha eu beber um só chope? Que mal poderia fazer?

— Está bem. Bebo meu chope e vou embora.

— Falou, Padrinho! — A Maria Cláudia me deu um tapa tão forte nas costas que quase caí da cadeira.

Veio o chope, tomei um gole, mas a turma começou a bater palmas e a gritar:

— Vira! Vira! Vira!

Depus o copo sobre a mesa e perguntei ingenuamente:

— Como assim?

— O primeiro chope não pode ser bebido aos golinhos — me ensinou a Maria Cláudia. — Você tem que fazer assim, ó.

E ela virou seu copo de chope de um só gole e, depois, limpando a espuma que ficou nos lábios, disse:

— Ahhhh! Que delícia!

E, voltando-se para mim, completou:

— Agora é a sua vez.

Como seria o primeiro e último chope que eu tomaria naquele começo de noite, quanto antes liquidasse a bebida, melhor. E foi com esse raciocínio estúpido que virei o copo de uma só vez. Digo estúpido porque o efeito do álcool, ingerido de uma só vez, para mim que só havia bebido uma ou outra pequena taça de vinho, foi instantâneo: de imediato, um calor e um bem-estar me tomaram o peito e o cérebro, ao mesmo tempo que me senti levemente tonto.

— Agora, a outra rodada — intimou a Maria Cláudia.

Ameacei levantar da cadeira, protestando:

— Eu disse que tomaria um chope e já tomei meu chope.

Ela me forçou a sentar e disse:

— O primeiro não conta. É o da abertura. O que vier agora é pra ser tomado devagarzinho, enquanto rola um papo.

— Mas...

— Ah, vá, Padrinho... Faça isso por mim...

Mais uma vez não deu para resistir à Maria Cláudia. Apesar disso (ou por causa disso mesmo), era melhor ir embora enquanto fosse tempo. Mas, como não poderia deixar de ser, a indecisão pesou. Um demônio, que tinha a cara da Maria Cláudia, sussurrou em meus ouvidos que ficasse mais um pouco, pois soprava uma brisa gostosa, a companhia estava agradabilíssima, e o chope... bem, o chope vinha dourado, geladíssimo, acompanhado de batata e mandioca frita. Como resistir a tanto apelo?

— Está bem, tomo mais um. O último e, depois, vou embora.

Não tomei o último. Vieram o segundo, o terceiro, o quarto e... perdi a conta. Quando dei por mim, estava dançando com a Maria Cláudia, dançando com a Sílvia, com a Lívia e com não sei mais quem. Eu ria feito um bobo das piadas que me contavam e me vi abraçando e beijando as garotas e cantando samba.

E, de repente, aconteceu o inevitável, ou seja: apaguei. Nem reparei quando me levantaram pelos braços e me levaram até um carro. Ouvia, como no fundo dum poço, vozes que diziam:

— Puxa vida... Que fogo...

— Quem diria, o Padrinho...

Perdi novamente os sentidos e só fui recuperá-los diante dos muros do seminário. Duas pessoas que eu não sabia quem eram ainda me sustentavam, enquanto o padre Décio, com uma cara de poucos amigos, abria o portão. Amparado por ele, fui caminhando, enquanto cantava numa voz desafinada:

— Amélia que era mulher de verdaaade...

— Irmão, *tenga compostura! Calla-te!* — me advertiu o padre Martinez, muito severo, com seu forte sotaque espanhol.

Do portão, fui levado ao chuveiro, onde me deram uma ducha fria e depois me fizeram engolir um café forte e amargo. A beberagem logo causou efeito, pois vomitei até que o estômago me doesse. Conduzido à minha cama, não consegui dormir porque o quarto começou a girar, e eu sentia uma terrível dor de cabeça.

No dia seguinte, além das náuseas e da dor de cabeça que, apesar de algumas aspirinas, não queria ceder, ainda, para minha vergonha, fui imediatamente chamado à presença do diretor do seminário. Sem perguntar o que havia feito e com quem havia saído na noite anterior, fez-me um sermão, ameaçando-me, inclusive, de expulsão.

Aceitei de cabeça baixa as penitências, que consistiam numa confissão completa das culpas, reclusão por um mês entre os muros do seminário, com a consequente perda das folgas, e muita oração. Para meu alívio, concederam-me, durante o castigo, o direito de pelo menos sair para frequentar o curso na faculdade.

Para falar a verdade, não achei mau que isso acontecesse, porque a consciência me doía demais. Onde eu havia chegado! Embebedar-me, a ponto de chocar meus superiores e colegas?

Com desespero na alma, não deixei de me comparar ao padre Amaro. Se ele pecava contra a castidade, cedendo a seus desejos mais torpes, eu me deixara submeter pela minha fraqueza, cedendo aos apelos da Maria Cláudia e do álcool.

Que diferença havia entre nós? Nenhuma: minha carne fraca submetera de modo inexorável minha alma. Isso, para meu desespero, significava que, diante de um apelo mais forte, faria coisas ainda mais indignas. O quê, eu não poderia saber.

E era por isso mesmo que cabia a mim decidir o quanto antes sobre meu destino. Se era um fraco, devido às minhas crenças (ou à falta de crenças mais sólidas), queria ser tudo, menos um sacerdote dominado pela fraqueza. Não era aquele incidente o sinal mais poderoso não só de minha debilidade enquanto pessoa, mas também de minha absoluta falta de vocação?

Eu precisava ser honesto comigo e, sobretudo, ser honesto com Cristo, a quem dizia, nas orações, amar do fundo do meu coração. Se me desrespeitava, submetendo-me a qualquer apelo leviano, por tabela desrespeitava Cristo. E isso eu não podia suportar.

Abri a alma a meu confessor, contando-lhe as dúvidas, os temores, e ouvi dele palavras bem sensatas e justas que, de certo modo, me deixaram mais aliviado. Mas, assim mesmo, uma tristeza indefinida me tomou. Eu me parecia a um barco navegando sem rumo por um mar bravio, sem saber onde ficava o porto.

• 25 •

O retorno de Daniel

Um pouco depois desse incidente, o Daniel retornou de sua viagem à Bahia. Vinha cheio de entusiasmo e de novas ideias, plenamente convicto de que sua missão era mesmo dedicar-se de corpo e alma aos pobres carentes em Londrina.

Foi uma alegria só quando nos encontramos. O Daniel me apertou ao peito com aquela sua força de campônio, quase me esmagando os ossos, cheio de uma espontânea e franca alegria. Ele vinha queimado de sol, irradiando confiança por todos os poros. Como o invejei!

— E você, o que tem feito de bom? Farejando livros que nem rato de biblioteca?

Ri de seu modo de falar e abanei a cabeça:

— Nada de especial.

— Como nada de especial? — disse ele me fitando de frente.

— Nada... — disse e, sem mais poder suportar a dor da minha vida, descontrolado, comecei a chorar feito uma criança.

Nós tínhamos nos encontrado nos jardins do seminário, onde, em meio à vegetação dos canteiros sempre bem cuidados, era possível ficar à vontade. O Daniel me conduziu pelo braço até um banco, onde nos sentamos. Continuei a chorar e, quando parei de soluçar, ele sorriu e disse:

— Meu irmão, eu tinha tanta coisa para contar a você, vim a seu encontro com tanto entusiasmo, mas agora vejo que é você que tem coisas tão ou mais importantes que as minhas para me contar.

Senti uma vergonha tão grande diante da generosidade do Daniel que fui incapaz de dizer uma só palavra. Abaixei a cabeça e fiquei calado.

— Diga, o que aconteceu?

— Não sei se vale a pena. Por isso que sinto vergonha de lhe contar o que está acontecendo comigo. É coisa de uma alma pequena, baixa, vil.

— Um instante! — ele disse, me sacudindo pelo braço. — Quem é você para fazer um juízo assim tão impiedoso de si próprio? Por acaso, você é o terrível Jeová das Sagradas Escrituras pronto a queimar um descrente com um raio?! Ora, tenha a santa paciência!

Comecei a rir do discurso inflamado e cômico do Daniel, e ele também caiu na risada, o que serviu para baixar a tensão.

— Vai, desembucha.

Sem mais delongas, abri-lhe meu coração: contei-lhe de minhas dúvidas, do medo que sentia em ordenar-me sem vocação, do incidente no Bargalo. Ele parecia ouvir tudo de modo muito sério, mas, quando lhe falei da bebedeira e do estado em que havia chegado no seminário, começou a rir sem parar, enquanto dava fortes palmadas na coxa:

— Eu queria ver a cara do irmão Martinez! Principalmente do irmão Martinez, aquele — com o perdão da palavra — chato. Você chegando de pilequinho no seminário e, ainda por cima, cantando "Amélia"! Que impagável! Pena que não estivesse aqui para ver.

— Não vejo graça nenhuma nisso — retruquei ofendido.

— Desculpe, não quis ofendê-lo — ele disse, limpando as lágrimas dos olhos.

De repente, sem saber por quê, comecei a rir. Ele pôs o braço em meu ombro e também voltou a rir. Rimos tanto que parecíamos dois doidos. Sorte que estávamos no jardim, e a vegetação abafava o ruído de nossas risadas.

— Você imagina, Daniel, eu vomitando, e o irmão Martinez me empurrando a cabeça para baixo e falando: "*Solta el demônio, hermano! Solta el demônio!*"

— Puxa vida. Estava então parecendo o filme *O exorcista*.

Depois que rimos até nos fartar, eu passei a me sentir melhor. E o Daniel disse:

— Falando sério. O que fez ou deixou de fazer, se teve a coragem de achar errado, se se arrependeu, já passou. Que que tem de mais ficar de fogo uma vez na vida? Isso não significa que irá se tornar um bêbado, não é? A menos que tomou gosto por isso, o que é mesmo uma coisa realmente estúpida. Agora, achar que esse pilequinho tem a ver com sua falta de vocação já é um exagero.

— Se eu tivesse realmente vocação, não faria uma coisa dessas.

— Pode ser que sim, pode ser que não. Quem é você para ter certeza disso?

Parei um pouco para pensar e depois disse:

— É que olho para os irmãos, sobretudo para você, e os vejo com tanta serenidade...

— Um instante, Zé! — interrompeu-me o Daniel. — Como pode saber o que acontece com minha alma? Você não sabe o que se passa comigo nem com os outros. Também somos de carne e osso!

— Mas você parece não ter as dúvidas que eu tenho.

— Claro que eu tenho, talvez até maiores que as suas. A nossa diferença é que, para compensar, tenho, ao lado das dúvidas, uma ideia fixa, da qual não abro mão. Por ela me guio e procuro fazer com que seja a razão da minha vida.

Ele me agarrou pelo braço, me sacudiu.

— Eu já disse que faço questão de que você participe do meu projeto da Casa São Francisco de Assis. É esse o caminho.

— Mas nem sei se tenho vocação...

— E que importância tem isso? Sendo padre, não sendo padre, se ordenando ou não, o importante é que você venha comigo para me ajudar a cuidar daquela comunidade carente. Trabalho é que não faltará.

E, cheio de entusiasmo, começou a discorrer sobre a experiência na Bahia, sobre a situação miserável da população que vivia nos mangues, nos alagados, sobre o quanto aprendera na companhia do padre Francastel.

— Podemos fazer algo semelhante aqui. Talvez até melhor!

— Você, com certeza. Quanto a mim, não sei.

— Não seja pessimista, Zé! Claro que você também pode fazer.

Diante de meu silêncio, ele então me propôs que fizéssemos uma visita ao bairro de Lagoinha, em Londrina.

— Vendo o que eu vi, conhecendo o que eu conheço, com certeza, abraçará a minha causa.

Não disse que sim nem que não, e o Daniel, compreendendo que eu precisava mesmo refletir, bateu no meu ombro e disse:

— Está bem, você pensa um pouco e, quando tiver a resposta, vamos até Londrina.

Nem preciso dizer que a conversa com o Daniel me aliviou de uma maneira incrível e me fez sentir bem melhor. Mesmo assim, ainda continuava com minhas dúvidas, não sabendo ao certo se devia me ordenar, se devia fazer outra coisa ou se devia mesmo partir com ele para Londrina e participar da Casa São Francisco de Assis.

Mas, nesse meio-tempo, ainda tive um encontro com a Maria Cláudia e, depois, fui chamado pelo tio Domingos para uma conversa em Londrina.

• 26 •

Despedindo-me de Maria Cláudia

Como era final do ano, fui me encontrar com a turma da universidade numa festinha de despedida. Como não poderia deixar de ser, foi no Bargalo, de tão triste memória. Para testar as minhas convicções, mesmo tendo conhecimento de que era no barzinho, fiz questão de ir, pois queria saber, afinal, se eu tinha mesmo força de vontade.

Logo de cara fui recusando os chopinhos, apesar de toda a insistência da turma.

— Qual é a sua, Padrinho? — insistiu o Vantuir. — Vamos lá, mostre pra gente que você também é homem.

A Maria Cláudia interveio a meu favor:

— Vantuir, você tem uma noção meio esquisita do que seja um homem, hein?

— É que soube que, no convento, eles põem tanto salitre na comida que os padres ficam uns frouxos — ele disse, dando uma risada.

Como sempre, deixei passar a ofensa, ainda mais porque a Maria Cláudia me pegou pelo braço e disse:

— Não liga, não, José. Você sabe como é a cabecinha do Vantuir... Mas, mudando de assunto, tenho uma grande novidade pra contar a você.

Ela me levou a uma mesa mais afastada e disse:

— Tcham-tcham-tcham... Ganhei uma bolsa de estudos!

— Uma bolsa de estudos?! Pra onde?

— Pra França! Vou ficar seis meses em Paris!

Senti uma pontinha de tristeza, que reprimi logo em seguida porque não tinha sentido não me alegrar com a bela notícia que a Maria Cláudia me trazia, mesmo se isso significasse ficar longe dela...

— Em Paris? Seis meses! Que bacana, Cláudia!

— Não vejo a hora de viajar. Mas, se você quiser saber de uma coisa, vou sentir saudades da turma, do grupo α, das nossas discussões sobre *O crime do padre Amaro*...

A Maria Cláudia tomou um gole do chope e disse:

— E você? Quando é que se forma... quero dizer, quando é que vira padre?

E eu ainda com as minhas dúvidas...

— Em breve.

— E depois você vai fazer o quê?

— Pra falar a verdade, não sei direito. Tenho vários projetos em mente.

Ela pegou a minha mão e disse:

— José, do jeito que você é inteligente tenho certeza de que o que escolher fará da melhor maneira possível. Você é um cara tão legal, tão decente. Vai em frente, seja você mesmo, que vai conseguir o que quiser.

A Maria Cláudia sorria para mim daquele jeito franco, espontâneo que tanto me entusiasmava e intimidava. Como ela era linda!

— Mas vamos voltar pra junto da turma, senão daqui a pouco vão dizer que a gente está se paquerando... — disse ela, dando uma boa gargalhada e me deixando ficar vermelho até a raiz dos cabelos.

Voltamos para junto da turma. Para minha sorte, o Vantuir, pretextando uma reunião importante, havia ido embora. De maneira que foi muito gostoso conversar com os colegas.

E assim pude tranquilamente beber meu guaraná. À despedida, beijamo-nos com muito carinho, a Maria Cláudia me abraçou com força, chorou um pouquinho, dizendo que ia sentir saudade.

Apesar de saber que talvez não a visse mais, voltei para o seminário com o coração mais leve. Afinal, eu tinha conseguido me divertir, sem ceder à tentação dos chopinhos...

· 27 ·

Uma conversa com o tio Domingos

Um pouco antes de terminarem de vez as aulas na faculdade, meu superior me chamou à sua sala. Depois de me perguntar como me sentia, se estava cumprindo regularmente as penitências a mim impostas etc. etc. ele disse:

— Recebi um telefonema de d. Domingos, dando conta de que gostaria de conversar com você. Como você sabe, um pedido de Sua Eminência é uma ordem. Portanto, receberá autorização para viajar até Londrina e voltar logo em seguida.

— Obrigado, senhor.

Em seguida, ele me disse de um modo afável, com um leve sorriso nos lábios:

— Outra coisa: dentro de no máximo dois meses, o irmão deverá se ordenar. Acredito que suas dúvidas quanto à vocação já estejam solucionadas, não é?

Refleti um pouco e disse sem mostrar hesitação:

— Sim, senhor.

Ele fez um gesto vago com a mão:

— Dê minhas lembranças a d. Domingos.

Embarquei para Londrina, imaginando o que o tio Domingos queria comigo, ele a quem não via desde que tinha ido em casa para sugerir a papai e a mamãe que nos enviassem ao seminário. Evidentemente, não lhe queria mal por isso — pelo menos, estudando para padre, naqueles anos todos, havia tido uma excelente educação e conhecido pessoas que realmente haviam marcado minha vida.

Durante o farto e variado almoço na austera, porém confortável sala do palácio episcopal, finalmente ele disse por que tinha me chamado:

— Dentro de poucos meses, você se ordena, não é, meu filho?

— Sim, daqui a um mês e meio.

Ele bebeu um bom gole de vinho, olhou para os lados, acendeu um charuto e disse:

— Ah, os meus eternos vícios, que tanto mal me fazem à saúde do corpo e à saúde da alma...

Não pude deixar de rir da maneira engraçada como ele se condenava de seus pequenos vícios, porque sabia que, no fundo, era uma pessoa sensível e bondosa. O tio Domingos deu uma baforada e disse, pousando o charuto no cinzeiro e esfregando as mãos:

— Vamos ao que interessa: depois de tomar ordens, já sabe o que irá fazer?

Sacudi a cabeça:

— Não, ainda não sei...

— Pois bem, tenho uma proposta a lhe fazer. Conhece São João das Almas?

— Já ouvi falar...

— É uma pequena, mas próspera cidadezinha do sul do Paraná. Tem uma lavoura e uma pecuária em desenvolvimento, parece que um grande frigorífico tem sérios planos de instalar uma filial por lá. Enfim, progresso à vista.

Por que ele me contava tudo aquilo?

— Acontece que o vigário da igreja local está para se aposentar. Então, pensei cá com meus botões: "Por que não dar um jeito para meu sobrinho e afilhado assumir o cargo?"

Ele desabotoou a batina na altura do peito e continuou a falar:

— É um local tranquilo, sossegado como poucos, onde poderá começar sua carreira e, quiçá, mais adiante, ter um brilhante futuro. O que acha?

Corri os olhos pela sala, decorada com móveis de bom gosto, pela mesa, onde a comida era farta, pelo corpo do tio Domingos, gordo e bem tratado, e disse:

— Preciso responder agora?

Ele pareceu decepcionado e disse:

— Não..., mas não pode também demorar muito. Há muita gente de olho nessa paróquia.

Ele voltou a apanhar o charuto e me perguntou:

— Posso saber o porquê da dúvida?

Contava-lhe ou não o que vinha me atormentando? Preferi não contar.

— Nada de muito importante, mas, como não posso ser leviano em minha escolha e decepcioná-lo depois, prefiro pensar um pouco.

— Muito bem. Gosto de sua franqueza — disse ele, sorridente, para depois apontar o dedo em minha direção e completar: — Como já disse: não convém esperar muito. Tem gente de olho gordo em cima dessa paróquia.

Prometi-lhe, dentro de uma semana no máximo, que eu voltaria a falar com ele e lhe daria uma resposta definitiva.

• 28 •

Entre a cruz e a caldeirinha

Há um ditado português muito engraçado que diz: "Estar entre a cruz e a caldeirinha", o que significa ter de escolher entre dois tormentos, o de ser crucificado e o de ser queimado numa caldeira cheia de óleo quente. Era a escolha que eu tinha de fazer — aceitar a oferta do tio Domingos e me transformar num respeitável pároco ou aceitar a oferta do Daniel, que me chamava para sua missão apostólica com os moradores carentes em Londrina? Essa escolha, importante para mim, era agravada pelo fato de que, em ambos os casos, entrava a questão da vocação. Por isso mesmo, hesitei muito, não sabendo se devia ir conhecer o bairro de Lagoinha, ou se simplesmente devia retornar ao palácio episcopal.

De tanto meu amigo insistir, acabei concordando, mas com uma condição:

— Está bem, vou com você. Mas, para lhe ser sincero, não acredito que em Londrina exista uma região nessas condições que me descreve.

— Como não acredita? Está me chamando de mentiroso?

— Daniel! — disse, dando-lhe um tapa amistoso no ombro. — Quem seria eu para chamá-lo de mentiroso? Somente acho que às vezes você exagera um pouco...

— Exagero, é? Então, você vai ver *in loco* o que lhe descrevi e, depois, vai dizer se exagerei ou não.

* * *

Em Londrina, descemos na estação rodoviária e tomamos um ônibus para a periferia da cidade. Depois de mais de uma hora, chegamos num bairro de casas populares, que não me pareceu dos piores: havia asfalto, luz e telefone. Nas casinhas bem ajeitadas e limpas, de quando em quando via-se até um carro meio velho, mas em perfeitas condições de uso.

— É aqui? — perguntei quando descemos, já pensando nos exageros do Daniel.

— Aqui?! Você está sonhando? Isso aqui é o paraíso perto do que terá a oportunidade de ver.

Andamos pela rua asfaltada até certo ponto, entramos numa via esburacada e enlameada e, por fim, entramos por um caminho sinuoso descendo um barranco. Passamos por uma senhora idosa que descia carregando uma lata d'água na cabeça e por crianças descalças. De repente, minhas narinas foram tomadas por um fedor indescritível. Levei a mão ao nariz, e Daniel me disse com ironia:

— Agradável o perfume, não? É porque você está chegando ao paraíso... O lixão municipal.

No fim do caminho sinuoso, deparei com uma vasta extensão de terreno, onde os caminhões-caçamba despejavam todo o lixo recolhido pela cidade. Em meio aos sacos negros e azuis, homens e urubus disputavam tudo quanto é resto. Viam-se mulheres esqueléticas e sujas recolhendo em sacos plásticos o que talvez fosse a comida do dia e crianças de ventres enormes de verminose, os olhos fundos boiando nas órbitas, esperando sua porção. Senti um choque tão grande ao ver aquela cena que fui tomado por uma náusea inexprimível.

— Vamos embora daqui, Daniel — implorei.

Muito cruel, ele disse:

— Espere um pouco. Você ainda não viu onde eles moram.

Ia pedir-lhe que deixasse isso pra depois, mas, achando que não me perdoaria se fosse tão covarde, tomei coragem e fui em frente. Descemos outro barranco e vimos, à margem de um riacho negro de detritos, casebres (se é que se podia chamar aquilo de casebres...) feitos de restos de madeira, papelão e plástico negro. De vez em quando, havia um ou outro barraco feito de tosca alvenaria.

— Aí que eles moram? — perguntei com um fio de voz.

— Pois é. Aí mesmo que moram.

— E vivem do lixo?

— Em parte, sim. Descobri que há meninas que trabalham como empregadas domésticas na cidade e outras que simplesmente se prostituem... Está vendo aquela garotinha ali?

Ele me apontava uma menina de uns doze ou treze anos, vestida com uma blusa de cor berrante e minissaia. Tinha os olhos pintados e a boca borrada de batom.

— Todos os dias, ela vai até a rodovia e fica acenando para os motoristas de caminhões.

— Nessa idade?!

— Não se espante. Há menores do que ela, que, em troca de um...

— Chega! Chega! — gritei.

— Por que chega? Não disse que eu exagerava?

Ele calou-se porque comecei a chorar incontrolavelmente. Que miséria, meu Deus! Que miséria! E eu que, depois que passara a gozar de uma boa vida no seminário, tinha esquecido a pobreza de casa e endurecido meu coração a ponto de ficar alheio àquilo tudo, só pensando na minha pequenina miséria da falta de vocação! Que horror, que nojo sentia de mim mesmo. Como podia ficar tão isolado de tudo, daquele mundo tão real que doía! Ah, eu não podia continuar vivendo assim, tão mesquinho, só pensando em minha estúpida angústia! O Daniel é que estava certo. Com vocação ou sem vocação, eu precisava dar o grande salto!

· 29 ·

Voltando a falar com o tio Domingos

Mas, antes, tinha de voltar a conversar com tio Domingos. Por isso mesmo, no dia seguinte, despedi-me do Daniel, dizendo que iria ficar em Londrina para resolver um problema particular. Quando ele me fitou com aquele ar ansioso, esperando talvez que lhe confirmasse minha decisão, numa pequena vingança, não lhe disse nada. Mas em vez de insistir comigo, como pensava que fizesse, apenas me abraçou fraternalmente e disse com um sorriso bondoso:

— Desculpe-me do choque que lhe causei, mas somente um choque desses é que faria você tomar algum tipo de decisão.

— Eu é que lhe agradeço por me permitir ver o que deveria ser visto. Em todo caso, preciso ainda pensar um pouco...

— Pense, pense que se farte, embora, já saiba que você, no fundo de seu coração, já decidiu o que devia ser decidido.

Da rodoviária mesmo, marquei uma audiência com o tio Domingos e lá fui até o palácio episcopal. Cheguei na hora marcada, mas tive que esperar pelo menos umas duas horas, porque ele havia recebido inesperadamente a visita de um deputado.

Sentei-me numa poltrona e aproveitei para amadurecer minha decisão, pois, até aquele momento, não sabia sinceramente o que dizer ao tio Domingos. Inclusive, passara a noite em claro, virando de um lado para o outro, sem saber o que fazer.

Confesso que me tentaram as imagens de uma vida tranquila em São João das Almas, conduzindo meu rebanho e ajudando a comunidade a se desenvolver. Depois, quem sabe, no futuro, teria a oportunidade de concluir meus estudos em Roma e mesmo ser nomeado bispo.

Acordei daquele sonho de olhos abertos, sentindo uma espécie de angústia, pois eu, que sempre tinha sido humilde, sem grandes ambições, me via de repente pensando em estudar no exterior, em alcançar um cargo superior, mesmo antes de me decidir sobre se queria ser padre, sobre qual deveria ser meu futuro.

Levantei-me da poltrona quando vi o tio Domingos sair de sua sala, acompanhado de um senhor engravatado.

— Doutor Ledesma, tenho o prazer de lhe apresentar meu sobrinho — disse ele me apresentando.

— Muito prazer, como vai o senhor...?

— José, José Favaretto.

O tio bispo abraçou-me e disse:

— Irá se ordenar padre agora no fim do mês.

— Parabéns! Estimo em sabê-lo. A Igreja está carecendo de vocações jovens como as suas para renovar os quadros.

Ele se voltou para o tio Domingos, sorriu e disse:

— Com isso, não quero dizer que deve dispensar homens com sua pertinácia e experiência, d. Domingos!

— Sou a mais humilde ovelha do rebanho, doutor Ledesma.

O deputado voltou-se novamente para mim e perguntou:

— E o senhor, padre José? Posso chamá-lo de padre, não? O que pensa fazer no futuro?

O tio abriu um sorriso:

— Será o novo pároco em São João das Almas!

— Mas que bom! Meus parabéns!

Como o tio Domingos fizesse questão de acompanhar o deputado até a saída, pediu-me que entrasse em sua sala e aguardasse. Entrei, sentei-me e, recordando daquela breve conversa entre nós, me vieram à mente duas cenas de *O crime do padre Amaro*: uma do início e a outra do epílogo do romance.

Na primeira, quando o padre Amaro quer mudar de paróquia, vai até Lisboa e entrevista-se com o conde de Ribamar, em seu palácio, onde vai lhe pedir para ser transferido para uma paróquia melhor. Na outra, depois da morte de Amélia, ele passeia com o cônego Dias em Lisboa e encontra-se novamente com o conde. Nos dois casos, adota uma postura servil diante da autoridade, como se não tivesse dignidade alguma.

Abrindo o livro que trouxera em minha pasta, localizei com facilidade essa cena final que tinha me impressionado justamente pelo despudor dos sacerdotes e pelo comportamento diante dos poderosos:

> *Então junto deles passaram duas senhoras, uma já de cabelos brancos, o ar muito nobre; a outra, uma criaturinha delgada e pálida, de olheiras batidas, os cotovelos agudos colados a uma cinta de esterilidade,* pouff *enorme no vestido, cuia forte, tacões de palmo.*
>
> *— Cáspite! disse o cônego baixo, tocando o cotovelo do colega. Hem, seu padre Amaro?... Aquilo é que você queria confessar.*
>
> *— Já lá vai o tempo, padre-mestre, disse o pároco rindo, já as não confesso senão casadas!*
>
> *O cônego abandonou-se um momento a uma grande hilaridade; mas retomou o seu ar poderoso de padre obeso, vendo Amaro tirar profundamente o chapéu a um cavalheiro de bigode grisalho e óculos de ouro, que en-*

trava na praça, do lado do Loreto, com o charuto cravado nos dentes e o guarda-sol debaixo do braço.

Era o Sr. conde de Ribamar. Adiantou-se com bonomia para os dois sacerdotes; e Amaro, descoberto e perfilado, apresentou "o seu amigo, o Sr. cônego Dias, da Sé de Leiria". [...]

Com essas cenas, Eça queria mostrar que a Igreja, em Portugal, esquecendo-se de sua grande missão aqui na Terra, servilmente se encontrava a serviço dos poderosos, adulando-os para conseguir favores.

Pois, nessa pequena conversa com o tio Domingos e o tal do deputado Ledesma, eu havia me sentido como o padre Amaro. Puxa vida, eu não podia ser tão servil, tão medíocre. De que me valia a paróquia de São João das Almas, uma vida confortável, se eu talvez fosse obrigado a abjurar de meus valores e vender a alma?

Desse modo, decidi meu destino. Restava-me agora enfrentar o tio Domingos e ter coragem de lhe dizer o que havia decidido.

• 30 •

A grande decisão

O tio Domingos entrou na sala, sentou-se à sua mesa e disse, sacudindo-se de rir:

— Esse doutor Ledesma é uma pândega. Me contou cada história de seus currais eleitorais. Impressionante! Que lábia tem o homem para enrolar os eleitores!

Ele arrumou alguns papéis sobre a mesa, depois se levantou, veio até onde eu estava e disse:

— Muito bem, você ordena-se padre daqui a alguns dias. Sua nomeação demora um pouco, até lá faça uma boa viagem para espairecer o espírito. Tenho um apartamento em Camboriú, e você...

— Desculpe-me, tio... eu..., eu... — gaguejei, com medo de dizer o que deveria dizer.

— Não precisa me agradecer. Afinal, você é meu afilhado, não é? O que mais poderia um padrinho fazer por seu afilhado? — disse o tio de um jeito magnânimo, interpretando erroneamente o que eu queria dizer.

— Outra vez, desculpe, tio, mas tenho algo muito sério a lhe dizer.

Ele me olhou espantado.

— O que de tão sério tem a dizer?

Tomei coragem e fui direto ao assunto:

— Acho que não gostaria de assumir a paróquia de São João das Almas.

— Como assim? — ele arregalou os olhos, para depois dizer com certa ansiedade na voz: — É uma paróquia pequena, mas promissora. Você fica por lá uns três ou quatro anos e, depois, podemos pensar numa coisa melhor...

— Tio, o senhor não está entendendo. Quem sou eu para achar que São João das Almas não é digna de mim? Na realidade, eu é que não sou digno dela.

— Não se menospreze, filho. Eu o conheço e sei de suas potencialidades. Não é porque é meu afilhado que o indiquei. Não seria tão leviano a ponto de fazer isso.

— Não é questão de menosprezo, tio. Não quero ir para uma paróquia. Penso que devo me dedicar a uma outra causa.

E resumidamente lhe contei de meus planos com o Daniel: o de instalar a Casa São Francisco de Assis em Londrina, para atender a população carente. O tio Domingos foi inchando, inchando de um modo que pensei que fosse estourar. Por fim, quando me calei, ele disse:

— Mas... mas é uma loucura o que pretende fazer! Jogar na lata de lixo um brilhante futuro. Eu tinha até comentado seu caso com o doutor Ledesma, que prometeu dar a você toda a ajuda possível...

— Loucura ou não, tio, é o que tenho vontade de fazer e o que me dita a consciência.

Tio Domingos levantou-se e começou a andar de um lado para outro, sempre abanando a cabeça e bufando.

— Consciência... Bela palavra, mas do jeito que fala parece que é só você que tem consciência e a verdadeira dimensão da caridade. Esquece-se das grandes ações sociais que viemos promovendo. Esse deputado que acabou de sair prometeu conseguir uma grande verba para nos auxiliar num abrigo para mães solteiras. E vem você querendo se entocar nesse buraco para...

Ao vê-lo falar com tanto desprezo do nosso projeto, levantei-me e disse:

— Tio, pode ser que eu esteja errado, mas prefiro errar agora, para não me arrepender depois quando estiver acomodado!

Ao ouvir a palavra "acomodado", o tio Domingos também se levantou e disse:

— Deus há de perdoar essas palavras duras e a ingratidão que está tendo para comigo. Eu gostaria de lembrá-lo que, apesar de acomodado, tenho feito pelos pobres e humildes muito mais do que imagina.

Caí em mim, porque queria fazer tudo, menos ofender o tio, de quem gostava mesmo de verdade.

— Desculpe, tio, se o ofendi. Quando disse acomodado, não quis me referir ao senhor. Pensava em mim mesmo. Sei que sou uma pessoa indecisa, que muitas vezes me acomodo e...

— Está bem, está bem — fez ele um gesto impaciente com a mão. — Está perdoado. Vá embora. Dou o prazo de um dia para pensar e...

Foi a minha vez de cortar-lhe a fala:

— Sinto muito, tio, mas já tenho minha decisão.

O tio Domingos me contemplou como se eu fosse um doido digno de pena.

— Quem sente muito sou eu. Você não está bem da cabeça. Em todo caso, como essa é a sua decisão, respeito-a, mas continuo achando que é um doido por jogar assim pela janela um brilhante futuro.

— Bem, tio...

— Vá, vá — disse ele, fazendo novamente aquele gesto peculiar de impaciência com a mão direita.

Dirigi-me para a porta, mas, quando ia abri-la, ele gritou:

— Ei, vai saindo assim sem se despedir de mim?

Dei-me conta da grosseria, voltei até ele e inclinei-me para lhe beijar a mão.

— Não me beije a mão, seu tolo. Beije-me como se fosse meu afilhado querido.

Abracei-o então com toda a força, procurando mostrar que, apesar de nossas diferenças, o amava de coração. Quando nos separamos, vi que o tio limpava discretamente as lágrimas dos olhos.

— Antes de se ir, queria lhe dar uma lembrança minha, seu ingrato.

Ele foi até a escrivaninha e preencheu um cheque, que me entregou:

— Não é muita coisa, mas pode ajudar vocês a começar o trabalho.

— Mas, tio, não precisava... — disse, constrangido.

— Claro que precisa! Eu ia deixar você sair daqui com as mãos abanando?

Tio Domingos me abraçou de novo e disse de um modo falsamente ríspido:

— Agora, vá, que eu tenho mais o que fazer.

Deixei a sala do tio Domingos, atravessei os longos corredores e, quando comecei a descer as escadas, respirei aliviado. Agora, eu era um homem livre, realmente livre. Tinha um trabalho fascinante pela frente, que iria exigir de mim uma entrega de corpo e alma e também que eu não fraquejasse.

Olhei a praça, as pessoas que passavam, e tudo me pareceu esplêndido, cheio de cor e alegria. Em contraste com este meu estado de espírito, lembrei-me então de um dos últimos parágrafos de *O crime do padre Amaro,* em que Eça descrevia com pessimismo o cenário lisboeta, após o encontro dos padres com o conde de Ribamar, mostrando todo o processo de decadência por que passava Portugal. Ali mesmo na calçada, abri o livro e reli a passagem:

E com um grande gesto mostrava-lhes o Largo do Loreto, que àquela hora, num fim de tarde serena, con-

centrava a vida da cidade. Tipoias vazias rodavam devagar; pares de senhoras passavam, de cuia cheia e tacão alto, com os movimentos derreados, a palidez clorótica duma degeneração de raça; nalguma magra pileca, ia trotando algum moço de nome histórico, com a face ainda esverdeada da noitada de vinho; pelos bancos de praça gente estirava-se num torpor de vadiagem; um carro de bois, aos solavancos sobre as suas altas rodas, era como o símbolo de agriculturas atrasadas de séculos; fadistas gingavam, de cigarro nos dentes; algum burguês enfastiado lia nos cartazes o anúncio de operetas obsoletas; nas faces enfezadas de operários havia como a personificação das indústrias moribundas... [...]

Não era assim em absoluto que eu via o mundo, pois agora eu tinha a alma e o coração cheios de esperança!

Que felicidade! Que paz de espírito!

Outros olhares sobre *O crime do padre Amaro*

Agora que você acabou de ler a emocionante história de José e seus amigos, escrita por Álvaro Cardoso Gomes, saiba como outros artistas se inspiraram no clássico O crime do padre Amaro, *de Eça de Queirós.*

O crime do padre Amaro: a polêmica persiste

Durante um encontro secreto, o jovem padre Amaro envolve o corpo de sua amante com um manto azul, que acabara de ganhar de uma abastada beata para vestir a imagem de Nossa Senhora. Essa e outras cenas agitaram as hostes católicas, eriçaram as alas mais conservadoras da sociedade e fizeram com que a diocese, empenhada em que a obra não chegasse aos olhos dos fiéis, apelasse ao boicote radical, pressionando as autoridades e incitando os fiéis a unirem-se em oposição aos "ventos contrários e desprestigiosos" que sopravam contra a Igreja Católica.

Se você, leitor, pensa que estamos comentando fatos da época da publicação das primeiras edições de *O crime do padre Amaro*, no Portugal de meados do século XIX, engana-se. A polêmica ocorreu em agosto de 2002, com a estreia, no México, da versão cinematográfica feita nesse país da obra de Eça de Queirós, adaptada livremente pelo roteirista Vicente Leñero e dirigida por Carlos Carrera.

O filme, que transpõe para a realidade do México atual a condenação ao celibato e a contundente crítica à corrupção e à hipocrisia do clero, a partir da narração de um relacionamento amoroso proibido entre um padre e uma devota, suscitou, nesse limiar de século XXI, pro-

Divulgação

Cartaz do filme mexicano *O crime do padre Amaro*: polêmica persiste em pleno século XXI

testos e missas de desagravo por todo o país e, até em Los Angeles (EUA), levou manifestantes contrários à *première* do longa-metragem — principalmente membros da Sociedade Americana de Defesa da Tradição, Família e Propriedade (TFP) — às ruas.

Considerada mediana por expressiva parcela da crítica, a adaptação para o cinema de *O crime do padre Amaro*, que coloca Amaro muito próximo de um grupo de narcotraficantes e finaliza a história, não com o assassinato do fruto do amor proibido entre o padre e sua seduzida devota, mas com Amélia fazendo um aborto, bateu todos os recordes de bilheteria do México e teve sua presença confirmada em vários festivais internacionais de cinema, concorrendo, inclusive, ao Oscar 2003, na categoria de Melhor Filme Estrangeiro. A produção mexicana entrou em cartaz no circuito brasileiro, sem grandes controvérsias.

Entre o real e a ficção

Agora sim, voltando nosso olhar para o século XIX, muito antes da publicação do crítico e polêmico *O crime do padre Amaro*, o jovem Eça já sabia bastante de amores clandestinos e das duras consequências da hipocrisia social. Aliás, a própria biografia desse fervoroso antirromântico, ainda repleta de mistérios, intrigas e aventuras, por si só já daria um belo e escandaloso romance. Filho e neto de magistrados, José Maria Eça de Queirós nasceu em Póvoa de Varzim, a 25 de novembro de 1845, onde sua mãe, Carolina Augusta Pereira de Eça, ainda solteira, o daria à luz como fruto de um amor proibido, escondida na casa de parentes. No provinciano Portugal ancorado no passado de então, isso era inadmissível, principalmente por ser o pai, José Maria d'Almeida Teixeira de Queirós, um juiz de Direito.

Rejeitado pela mãe, Eça é entregue aos cuidados de uma ama, em Vila do Conde, onde é batizado às escondidas e, após, tem como seu segundo lar a casa dos avós paternos. Seus pais tiveram outros filhos, mas, ainda não se sabe o porquê, jamais o acolheram, só o legitimando aos quarenta anos, em 1886, por ocasião de seu casamento — de conveniência, aliás, em que o retrato da esposa lembrava mais o de uma mãe, como confessa ao amigo Ramalho Ortigão:

> *Eu precisava de uma mulher serena, inteligente, com uma certa fortuna (não muita), de caráter firme disfarçado sob um caráter meigo [...] que me adotasse como se adota uma criança.*

Biblioteca Nacional de Portugal

Carolina e José Maria, pais de Eça de Queirós: só aos 40 anos o escritor foi reconhecido como seu filho

Mais de dez anos antes de seu reconhecimento como filho, entre 15 de fevereiro e 15 de maio de 1875, na *Revista Ocidental* — quinzenário que tinha o poeta Antero de Quental como diretor literário —, Eça de Queirós causaria grande indignação na sociedade de seu tempo com a publicação da história de outro amor escuso, agora entre um sacerdote ambicioso e de natureza fraca e sua seduzida devota, que resultaria num rebento indesejado, morto pouco antes de sua mãe. *O crime do padre Amaro* nasceria da experiência, de seis meses, como Administrador do Concelho, na cidade de Leiria. Ali, numa comunidade atrasada e dominada pelo clero, vivendo em meio à hipocrisia dos padres, burgueses e beatas, Eça começa a escrever, analisando o sistema social decadente com o intuito de tentar provar que os indivíduos não passam de vítimas do sistema.

Um ano depois, surge a revisão da publicação, em livro, e a ânsia de perfeição levaria Eça a reescrever a obra em três versões. É interessante, principalmente, a percepção de como o autor modifica o final de seu romance. Para tanto, transcrevemos um excerto crítico de José-Augusto França:

[...] nas duas primeiras versões, o padre Amaro mata o filho que acaba de nascer; na versão de 1878-80 deixa-o matar [...]. O jovem padre cometeu uma falta grave, de consequências desastrosas, é certo, mas era um ato humano. Uma falta não é um crime. Amaro teria portanto de cometer um, matando o filho. Mas, na terceira versão, o padre não mata a criança, pretende mesmo retomá-la de uma ama especial que devia fazê-la morrer discretamente. Repare-se que apesar da ausência do crime o título do romance se manteve [...] o conceito do crime se desloca do nível individual para o nível social...

A fase realista de Eça de Queirós, em que se destacam três obras-primas: *O crime do padre Amaro*, *O primo Basílio* e *Os Maias* que, segundo o próprio autor, "pretendia pintar a sociedade portuguesa e mostrar-lhe, como num espelho, que triste país eles formam — eles e elas", não apenas escandalizaria o "velho mundo burguês, sentimental, católico, explorador, aristocrático etc." como incluiria o nome do sarcástico autor no *Index Prohibitorum*, instituído pela Igreja, em 1619 e que vigorou até o início do século XX, criado para orientar os fiéis com a lista dos livros sacrílegos, condenados por conterem matérias contrárias à doutrina católica.

Fonte: Catálogo da exposição: Eça de Queirós, Instituto Camões. Abril 2000

Leiria, em Portugal, em foto atual: Eça viveu na cidade que escolheu como cenário para *O crime do padre Amaro*

Fonte: Catálogo da exposição Eça de Queirós, Instituto Camões. Abril 2000

Cena de *O crime do padre Amaro,* em ilustração de Alberto de Sousa (1880-1962)

Acusações, críticas e até selos no além-mar

Não bastasse o escândalo suscitado pela publicação de *O crime do padre Amaro* em Portugal, do outro lado do oceano, no Brasil, Machado de Assis, em crítica ao lançamento do segundo livro de Eça, *O primo Basílio* — publicada em 16 de abril de 1878 na revista *O Cruzeiro* –, mesmo não negando sua admiração pelo escritor português, acusava-o de ter plagiado, com seu primeiro romance, o grande mestre da corrente naturalista, o romancista francês Émile Zola. Assim Machado se refere a *O crime do padre Amaro*:

Fonte: Catálogo da exposição: Eça de Queirós, Instituto Camões. Abril 2000

Eça manipula os personagens de *O crime do padre Amaro,* em caricatura de João Abel Manta, de 1928

> [...] *Que o Sr. Eça de Queirós é discípulo do autor do* Assommoir, *ninguém há que o não conheça. O próprio* O crime do padre Amaro *é imitação do romance de Zola,* La faute de l'abbé Mouret.[1] *Situação análoga, iguais tendências; diferença do meio; diferença do desenlace; idêntico estilo; algumas reminiscências, como no capítulo da missa, e outras; enfim, o mesmo título. Quem os leu a ambos, não contestou decerto a originalidade do Sr. Eça de Queirós, porque ele a tinha, e tem, e a manifesta de modo afirmativo; creio até que essa mesma originalidade*

[1] *L'assommoir* e *La faute de l'abbé Mouret* foram editados em português como *A taberna* e *O crime do padre Mouret.*

deu motivo ao maior defeito na concepção de O crime do padre Amaro. *O Sr. Eça de Queirós alterou naturalmente as circunstâncias que rodeavam o padre Mouret, administrador espiritual de uma paróquia rústica, flanqueado de um padre austero e ríspido; o padre Amaro vive numa cidade de província, no meio de mulheres, ao lado de outros que do sacerdócio só têm a batina e as propinas...* [...]

Eça de Queirós, no entanto, responde — com o tom sarcástico e irreverente de sempre — a Machado e demais críticos, ao escrever o prefácio à terceira edição do livro, em 1880 (reproduzida na publicação da série Bom Livro, da Ática):

Biblioteca Nacional de Portugal
Fonte: *Revista Camões*, abril/set. 2000

Eça de Queirós, em 1878: escritor rebateu as acusações de plágio feitas por Machado de Assis

O Crime do Padre Amaro *recebeu no Brasil e em Portugal alguma atenção da Crítica, quando foi publicado ulteriormente um romance intitulado —* O Primo Basílio. *E no Brasil e em Portugal escreveu-se (sem todavia se aduzir nenhuma prova efetiva) que* O Crime do Padre Amaro *era uma imitação do romance do Sr. E. Zola —* La Faute de L'Abbé Mouret; *ou que este livro do autor do* Assomoir *e de outros magistrais estudos sociais sugerira a ideia, os personagens, a intenção de* O Crime do Padre Amaro.

Eu tenho algumas razões para crer que isto não é correto. O Crime do Padre Amaro *foi escrito em 1871, lido a alguns amigos em 1872, e publicado em 1874* [sic]. *O livro do Sr. Zola,* La Faute de L'Abbé Mouret *(que é o quinto volume da série* Rougon Macquart*), foi escrito e publicado em 1875.*

Mas (ainda que isto pareça sobrenatural) eu considero esta razão apenas como subalterna e insuficiente. Eu podia, enfim, ter

penetrado no cérebro, no pensamento do Sr. Zola, e ter avistado, entre as formas ainda indecisas das suas criações futuras, a figura do abade Mouret [...]

O que, segundo penso, mostra melhor que a acusação carece de exatidão, é a simples comparação dos dois romances [...]

Controvérsias à parte, muitos anos após a contenda entre autor e críticos, pouco importa se a obra zoliana teve ou não influência direta em *O crime do padre Amaro.* Perecem os escritores, os críticos, e resiste, imortal, a obra e, com ela, a eterna admiração e respeito das gerações vindouras àquele para o qual o próprio Machado de Assis, na mesma revista *O Cruzeiro*, confessou ter em si "um admirador de seus talentos, adversário de suas doutrinas, desejoso de o ver aplicar, por modo diferente, as fortes qualidades que possui..."

E não foi apenas Machado que se rendeu àquilo que chamou de "fortes qualidades" de Eça. Também outros importantes autores e críticos curvaram-se diante de seu apurado estilo, inspiraram-se nele e lhe prestaram reverência, como aponta, por exemplo, o crítico literário Alfredo Bosi, ao tratar da produção literária de outro grande escritor brasileiro do século XIX: "Em Aluísio Azevedo a influência de Zola e de Eça é palpável; e, quando não se sente, é mau sinal: o romancista virou produtor de folhetim". Para Franklin de Oliveira: "O verdadeiro terremoto a abalar Lisboa não foi o de 1755, que levou Pombal a reconstruí-la. Foi um outro, incruento, embora muito mais exigente em suas imposições inovadoras. Chamou-se Eça de Queirós".

Eça virou, inclusive, no final do século XX, objeto de filatelia. Em 1995, a Empresa de Correios e Telégrafos brasileira, numa homenagem a grandes escritores da língua portuguesa, na Série Literatura, lançaria um selo com sua imagem. E, como não poderia deixar de ser, os Correios de Portugal lançaram, também em 1995, por ocasião dos 150 anos do nascimento do escritor, um selo ilustrado por João Abel Manta e, em 2000, para comemorar o centenário de sua morte, um novo selo e uma coleção de seis postais evocativos de míticas personagens queirosianas e de algumas das obras mais representativas do romancista.

Assim como, ainda hoje, a obra de Eça de Queirós continua

Fonte: *Revista Camões*, abril/set. 2000

Selo e postal comemorativos dos 100 anos da morte de Eça de Queirós: obra do escritor teve o impacto de um "terremoto", na opinião do crítico Franklin de Oliveira

a inspirar outros escritores e artistas, receber homenagens e despertar polêmica por onde passa, também conquista cada vez mais leitores e admiradores. O fato de seus livros, como acontece com *O crime do padre Amaro*, conservarem essa vitalidade, essa atualidade crítica e essa capacidade de influenciar e despertar grandes paixões, desafetos e até revolta, mais de um século após suas primeiras edições, só atesta e confirma suas qualidades, eternidade e valor literário. Existissem apenas elogios e condescendência, não seria uma boa literatura realista:

> *O Realismo é bem outra coisa: é a negação da arte pela arte; é a proscrição do convencional, do enfático e do piegas. É a abolição da retórica considerada como arte de promover a comoção usando a inchação do período, da epilepsia da palavra, da congestão dos tropos. É a análise com o fito na verdade absoluta* (Eça de Queirós).